Wolffs Broschuren

Anton Čechov

ANGST

Sieben Geschichten von der Liebe

Aus dem Russischen übersetzt
von Peter Urban

Friedenauer Presse Berlin

INHALT

KLEINER SCHERZ

Ein klarer Wintertag, um Mittag ... der Frost ist stark, er klirrt, und Nadjenka, die sich an meinen Arm klammert, hat silbrigen Reif an den Schläfenlöckchen und Flaum über der Oberlippe. Wir stehen auf einem hohen Berg. Vor unseren Füßen bis hinab zur Erde erstreckt sich eine abschüssige Fläche, in der sich die Sonne betrachtet wie in einem Spiegel. An unserer Seite ein kleiner Schlitten, mit hellrotem Stoff ausgeschlagen.

– Fahren wir hinunter, Nadežda Petrovna! – bettle ich. – Nur ein Mal! Ich versichere Sie, wir kommen heil unten an.

Aber Nadjenka hat Angst. Der gesamte Raum vor ihren kleinen Galoschen bis zum Ende des Eisbergs erscheint ihr als ein schrecklicher, unermeßlich tiefer Abgrund. Es erstirbt ihr Denken, es verschlägt ihr den Atem, wenn sie nach unten blickt, wenn ich ihr nur vorschlage, sich in den Schlitten zu setzen, denn was wird geschehen, wenn sie es riskiert, in den Abgrund zu fliegen! Sterben wird sie, den Verstand verlieren.

– Ich flehe Sie an! – sage ich. – Sie brauchen keine Angst zu haben! Begreifen Sie doch, das ist Kleinmut, ist Feigheit!

Endlich gibt Nadjenka nach, und ich sehe in ihrem Gesicht, sie gibt nach, den Tod vor Augen. Ich setze sie, bleich, zitternd, in den Schlitten, umfasse sie mit einem Arm und stürze mich mit ihr in den Höllenschlund.

Der Schlitten fliegt wie eine Kugel. Die durchschnittene Luft schlägt ins Gesicht, heult, pfeift in den Ohren, kneift schmerzend vor Wut, will einem den Kopf von den Schultern reißen. Vor dem Ansturm des Windes läßt sich nicht atmen. Es scheint, als halte uns der Teufel leibhaftig in den Tatzen und zerre uns unter Geheul in die Hölle. Die Gegenstände ringsum verschwimmen zu einem langen, dahinrasenden Band … Noch einen Augenblick, und wir sind, so scheint es, verloren!

– Ich liebe Sie, Nadja! – sage ich halblaut.

Dann fährt der Schlitten immer langsamer und langsamer, das Heulen des Windes und das Surren der Kufen sind nicht mehr so schrecklich, der Atem erstirbt nicht länger, und schließlich sind wir unten. Nadjenka ist mehr tot als lebendig. Sie ist bleich, atmet kaum … Ich helfe ihr beim Aufstehen.

– Noch einmal fahre ich um keinen Preis, – sagt sie und schaut mich mit großen, vor Entsetzen geweiteten Augen an. – Um nichts in der Welt! Ich wäre fast gestorben.

Etwas später kommt sie zu sich und blickt mir bereits fragend in die Augen: habe ich diese vier Worte gesagt, oder hat sie sie nur gehört im Brausen des Windes? Und ich stehe neben ihr, rauche und mustere eingehend meine Handschuhe.

Sie hakt sich bei mir unter, und wir gehen lange am Fuß des Berges spazieren. Das Rätsel läßt ihr, wie ich sehe, keine Ruhe. Sind diese Worte gesagt worden oder nicht? Ja oder nein? Das ist eine Frage der Eitelkeit, der Ehre, des Lebens, des Glücks, eine sehr wichtige Frage, die wichtigste auf Erden. Nadjenka schaut mir ungeduldig, traurig, mit forschendem Blick ins Gesicht, gibt unpassende Antworten, wartet, ob ich nicht beginnen würde zu sprechen. Oh, was für ein Spiel in diesem netten Gesicht, was für ein Spiel! Ich sehe, sie kämpft mit sich, sie muß etwas sagen, muß etwas fragen, aber sie findet nicht die Worte, ihr ist es peinlich, sie hat Angst, die Freude hindert sie …

– Wissen Sie was? – sagt sie, ohne mich anzusehen. – Was? – frage ich.

– Lassen Sie uns noch einmal … rodeln.

Wir steigen die Treppe hinauf auf den Berg. Wieder setze ich die bleiche, zitternde Nadja in den Schlitten, wieder fliegen wir in den schrecklichen Abgrund, wieder heult der Wind und surren die Kufen, und wieder, im schnellsten und lautesten Moment des Fluges, sage ich halblaut:

– Ich liebe Sie, Nadjenka!

Als der Schlitten anhält, läßt Nadjenka den Blick über den Berg schweifen, den wir eben heruntergerodelt sind, dann schaut sie mir lange ins Gesicht, horcht auf meine Stimme, die gleichgültig und leidenschaftslos ist, und ihr ganzer Körper, sogar ihr Muff, ihre Kapuze, ihre ganze kleine Gestalt drücken äußerstes Befremden aus. Und ins Gesicht geschrieben steht ihr:

»Was ist nur? Wer hat *jene* Worte gesprochen? War er es, oder hat es sich nur so angehört?«

Diese Ungewißheit beunruhigt sie, raubt ihr die Geduld. Das arme Mädchen antwortet nicht mehr auf Fragen, wird mürrisch, fängt gleich an zu weinen.

– Wollen wir nicht nach Hause gehen? – frage ich.

– Mir … mir gefällt dieses Rodeln, – sagt sie, errötend. – Wollen wir nicht noch einmal fahren?

Ihr »gefällt« dieses Rodeln, dabei ist sie, als sie sich in den Schlitten setzt, wie die vorigen Male bleich, atmet kaum und zittert vor Angst.

Wir fahren zum dritten Mal hinunter, und ich sehe, wie sie mir ins Gesicht blickt, meine Lippen beobachtet. Doch ich halte das Taschentuch an die Lippen, räuspere mich, und als wir die Hälfte des Berges hinter uns haben, gelingt es mir zu sagen:

– Ich liebe Sie, Nadja!

Das Rätsel bleibt ein Rätsel! Nadjenka schweigt, denkt über etwas nach ... Ich begleite sie von der Rodelbahn nach Hause, sie bemüht sich, langsam zu gehen, verlangsamt den Schritt und wartet und wartet, ob ich ihr nicht jene Worte sage. Und ich sehe, wie sie leidet, wie sehr sie sich beherrscht, um nicht zu sagen:

– Der Wind kann sie nicht gesagt haben! Ich will auch nicht, daß der Wind sie gesagt hat!

Am andern Tage bekomme ich morgens einen Zettel: »Wenn Sie heute rodeln gehen, holen Sie mich ab. N.« Und seit diesem Tage gehen Nadja und ich jeden Tag rodeln, und wenn wir auf dem Schlitten hinunterfliegen, sage ich jedesmal halblaut dieselben Worte:

– Ich liebe Sie, Nadja!

Bald gewöhnt sich Nadjenka an diesen Satz, wie an Alkohol oder Morphium. Sie kann ohne ihn nicht mehr leben. Zwar hat sie vor dem Fliegen nach wie vor Angst, doch inzwischen verleihen jene Worte von der Liebe der Angst und Gefahr einen besonderen Reiz, Worte, die nach wie vor ein Rätsel bleiben und das Herz schwer machen. In Verdacht stehen immer dieselben zwei: ich und der Wind ... Wer von beiden ihr die Liebe erklärt, weiß sie nicht, aber es ist ihr offenbar auch schon egal; egal ist, aus welchem Glas man trinkt, Hauptsache, man wird betrunken.

Eines Tages ging ich um Mittag allein rodeln; in der Menge verloren, sehe ich, wie Nadjenka zum Berg kommt, wie sie mit den Augen nach mir sucht ... Dann steigt sie schüchtern die Treppe hinauf ... Sie hat Angst, allein zu fahren, ach, welche Angst! Sie ist bleich wie der Schnee, zittert, sie geht wie zur eigenen Hinrichtung, aber geht, geht ohne sich umzuschauen, entschlossen. Offenbar hat sie beschlossen, endlich die Probe zu machen: werden diese wunderbaren süßen Worte auch zu hören sein, wenn ich nicht mitfahre? Ich sehe, wie sie, bleich, mit vor Schrecken geöffnetem Mund, sich in den Schlitten setzt, die Augen schließt, der Welt für immer Lebewohl sagt und sich abstößt ... »Ssss ...« – surren die Kufen. Ob Nadjenka die Worte hört, ich weiß es nicht ... Ich sehe nur, wie sie sich erschöpft und schwach vom Schlitten erhebt. Und ihrem Gesicht ist anzusehen, sie weiß selbst nicht, ob sie die Worte gehört hat oder nicht. Die Angst, während sie den Berg hinunterfuhr, hat sie der Fähigkeit beraubt zu hören, Laute zu unterscheiden, zu verstehen ...

Da naht jedoch der Frühlingsmonat März ... Die Sonne beginnt zu liebkosen. Unser Eisberg dunkelt, verliert seinen Glanz, schließlich taut er. Wir können nicht mehr rodeln. Die arme Nadjenka wird nirgends mehr jene Worte hören, und es ist auch niemand mehr da, der sie sagen könnte, denn kein Wind ist zu spüren, und ich reise bald nach Petersburg – für lange Zeit, wahrscheinlich für immer.

Irgendwann vor der Abreise, ein-zwei Tage vorher, sitze ich bei Dämmerlicht im Garten, der von dem Hof, auf dem Nadjenka lebt, durch einen hohen Bretterzaun mit Nägeln getrennt ist ... Noch ist es ziemlich kalt, unter dem Mist liegt noch der Schnee, die Bäume sind tot, doch es riecht schon nach Frühling, und beim Aufsuchen ihres Nachtlagers krächzen laut die Krähen. Ich trete an den Zaun und schaue lange durch einen Spalt. Ich sehe, wie Nadjenka auf die Freitreppe hinaustritt und einen kummervollen, sehnsüchtigen Blick zum Himmel richtet ... der Frühlingswind bläst ihr direkt ins bleiche, bedrückte Gesicht ... Er erinnert sie an den Wind, der uns damals auf dem Berg entgegenheulte, als sie jene vier Worte hörte, und ihr Gesicht wird traurig, so traurig, über die Wange rollt eine Träne ... Und das bleiche Mädchen streckt beide Arme aus, wie um den Wind zu bitten, ihr noch einmal jene Worte zuzutragen. Und ich warte einen Windstoß ab und sage halblaut:

– Ich liebe Sie, Nadja!

Mein Gott, was geschieht da mit Nadjenka? Sie schreit auf, lächelt, strahlt über das ganze Gesicht und streckt dem Wind die Arme entgegen, voller Freude, glücklich und so schön. Und ich gehe packen ...

Das alles ist lange her. Heute ist Nadjenka verheiratet; ob man sie verheiratet hat oder ob sie selbst gewählt hat – es ist der Sekretär am Vormundschaftsgericht, und sie hat heute drei Kinder. Daß wir damals zusammen rodeln gingen und ihr der Wind die Worte zutrug »Ich liebe Sie, Nadjenka«, ist nicht vergessen; für sie ist das heute die glücklichste, die anrührendste und schönste Erinnerung ihres Lebens ...

Und ich kann heute, da ich älter bin, nicht mehr begreifen, warum ich jene Worte gesagt habe, wozu ich mir diesen Scherz erlaubt habe ...

1886

VEROČKA

Ivan Alekseič Ognëv erinnert sich, wie er an jenem Augustabend geräuschvoll die Glastür öffnete und auf die Terrasse hinaustrat. Er trug damals einen leichten Pelerinenmantel und einen breitkrempigen Strohhut, denselben, der heute neben den Reitstiefeln im Staub unter dem Bett liegt. In der einen Hand hielt er ein dickes Bündel aus Büchern und Broschüren, in der anderen – den dicken Knotenstock.

In der Tür stand, ihm mit der Lampe den Weg leuchtend, der Herr des Hauses, Kuznecov, ein kahlköpfiger alter Mann mit langem grauen Bart und in schneeweißer Piquetjacke. Der Alte lächelte gutmütig und nickte in einem fort.

– Leben Sie wohl, Vater! – rief Ognëv ihm zu.

Kuznecov setzte die Lampe auf einem Tischchen ab und kam auf die Terrasse heraus. Zwei lange, schlanke Schatten schritten die Stufen hinab zu den Blumenbeeten, begannen zu schwanken und stießen mit den Köpfen gegen die Stämme der Linden.

– Leben Sie wohl, und nochmals vielen Dank, mein Lieber! – sagte Ivan Alekseič. – Dank für Ihre Herzlichkeit, Ihre Freundlichkeit, Ihre Liebe … Niemals in aller Ewigkeit werde ich Ihre Gastfreundschaft vergessen. Sie sind ein guter Mensch, Ihre Tochter ist ein guter Mensch, alle hier bei Ihnen sind so gut, so heiter und herzlich … Ein so großartiges Publikum, daß ich es gar nicht sagen kann!

Im Überschwang der Gefühle und unter dem Einfluß des soeben genossenen Liqueurs sprach Ognëv im Singsang des Seminaristentonfalls und war derart gerührt, daß er seine Gefühle nicht nur mit Worten, sondern auch mit Zwinkern und Schulterbewegungen ausdrückte. Kuznecov, ebenfalls angetrunken und in Rührung aufgelöst, reckte sich zu dem jungen Mann empor und küßte sich mit ihm.

– Ich habe mich an Sie gewöhnt wie ein Jagdhund! – fuhr Ognëv fort. – Beinahe jeden Tag habe ich mich bei Ihnen herumgetrieben, habe wohl zehnmal hier übernachtet und so viel Liqueur getrunken, daß einem angst wird, nur daran zu denken. Wofür ich Ihnen aber am meisten danke, Gavriil Petrovič, ist Ihre Anteilnahme und Hilfe. Ohne Sie hätte ich mich hier mit der Statistik bis Oktober herumgeschlagen. Also werde ich in meinem Vorwort schreiben: »Halte ich es für meine Pflicht, dem Vorsitzenden der Zemstvoverwaltung des Kreises N., Kuznecov, meinen Dank abzustatten für seine liebenswerte Anteilnahme.« Die Statistik hat eine stra-ahlende Zukunft! Vera Gavriilovna meinen herzlichsten Gruß, und den Ärzten, beiden Untersuchungsrichtern und unserem Sekretär richten Sie aus, daß ich ihre Hilfe nie vergessen werde! Und nun, Vater, umarmen wir einander und küssen uns ein letztes Mal.

Der in Rührung aufgelöste Ognëv küßte sich noch einmal mit dem Alten und stieg die Treppe hinunter. Auf der letzten Stufe blickte er sich um und fragte:

– Werden wir uns je wiedersehen?

– Das weiß Gott! – antwortete der Alte. – Wahrscheinlich nie!

– Ja, das stimmt! Nach Piter bringt man euch nicht mit

zehn Pferden, und mich wird es wohl kaum noch einmal hierher verschlagen. Also, leben Sie wohl!

– Lassen Sie die Bücher doch hier! – rief Kuznecov ihm nach. – Wozu wollen Sie so viel schleppen? Ich schicke sie Ihnen morgen durch meinen Diener.

Ognëv jedoch hörte nicht mehr zu und entfernte sich schnellen Schrittes vom Haus. In seiner Seele, vom Alkohol erwärmt, war es heiter, warm und traurig ... Er ging und dachte darüber nach, wie oft man im Leben guten Menschen begegnet und wie schade es ist, daß von diesen Begegnungen nichts anderes bleibt als Erinnerungen. Es kommt vor, daß am Horizont die Kraniche ziehen, ein schwacher Wind trägt ihren bekümmert-begeisterten Ruf herbei, und einen Augenblick später, so fest man auch in die blaue Ferne starrt, ist kein Punkt mehr zu sehen, kein Laut mehr zu hören – genau so ziehen im Leben die Menschen mit ihren Gesichtern und Reden vorüber und versinken in unserer Vergangenheit, und hinterlassen im Gedächtnis nichts anderes als nichtige Spuren. Solange er, seit Frühlingsanfang, im Kreise N. gelebt hatte und beinahe täglich bei den herzlichen Kuznecovs gewesen war, hatte Ivan Alekseič sich an den Alten, an seine Tochter, seine Dienstboten wie an Verwandte gewöhnt, das Haus bis in alle Einzelheiten kennengelernt, die gemütliche Terrasse, die Windungen der Alleen, die Silhouetten der Bäume über Küche und Badehaus; doch geht er jetzt zur Gartenpforte hinaus, verwandelt sich alles in Erinnerung und verliert für ihn für immer seine reale Bedeutung, und vergehen noch ein-zwei Jahre, verblassen alle diese liebgewordenen Bilder im Bewußtsein gleich Erfindungen und Phantasiegebilden.

»Nichts im Leben ist so wertvoll wie die Menschen! – dachte Ognëv gerührt, als er die Allee entlang auf die Gartenpforte zuschritt. – Nichts!«

Im Garten war es still und warm. Es duftete nach Reseda, Tabak und Heliotrop, die in den Beeten noch blühten. Die Zwischenräume zwischen den Sträuchern und Bäumen waren voll von Nebel, einem feinen, zarten, durch und durch von Mondlicht gesättigten Nebel, und, was Ognëv noch lange im Gedächtnis blieb, die Nebelschwaden strichen, Gespenstern gleich, langsam, doch dem Auge sichtbar, einer nach dem andern quer über die Allee. Der Mond stand hoch über dem Garten, und unter ihm zogen irgendwohin nach Osten durchsichtige Nebelflecken. Die ganze Welt, so schien es, bestand nurmehr aus schwarzen Silhouetten und umherziehenden weißen Schatten, und Ognëv, der wohl zum ersten Male Nebel in einer mondhellen Augustnacht beobachtete, dachte, er sehe nicht die Natur, sondern eine Bühnendekoration, in der unbeholfene Pyrotechniker, die den Garten mit weißem bengalischen Feuer erhellen wollten, sich hinter die Sträucher gehockt hatten und mit dem Licht zugleich auch weißen Rauch auf die Bühne strömen ließen.

Als Ognëv auf die Gartenpforte zutrat, löste sich von dem niedrigen Palisadenzaun ein schwarzer Schatten und kam ihm entgegen.

– Vera Gavriilovna! – freute er sich. – Sie hier? Und ich habe nach Ihnen gesucht und gesucht, um mich zu verabschieden … Leben Sie wohl, ich gehe!

– So früh? Es ist noch nicht einmal elf.

– Doch, es ist Zeit! Ich habe fünf Verst zu gehen, und muß noch packen. Und morgen früh aufstehen …

Vor Ognëv stand Kuznecovs Tochter, Vera, eine junge Frau von 21 Jahren, wie gewöhnlich traurig, nachlässig gekleidet und interessant. Junge Frauen, die viel träumen und tagelang träge und im Liegen alles lesen, was ihnen in die Hände fällt, die sich langweilen und traurig sind, kleiden sich im allgemeinen nachlässig. Denen unter ihnen, die die Natur mit Geschmack und einem Sinn für Schönheit beschenkt hat, verleiht diese zwanglose Nachlässigkeit in der Kleidung einen besonderen Reiz. Zumindest konnte Ognëv, wenn er sich später an die hübsche Veročka erinnerte, sie sich nicht anders vorstellen als in dem bequemen Jäckchen, das um die Taille in tiefen Falten zusammenlief und dennoch nicht am Körper anlag, als mit der Locke, die ihr aus der Hochfrisur in die Stirn fiel, als mit dem roten Wolltuch mit den flauschigen Troddeln an den Rändern, das abends, wie eine Flagge bei stillem Wetter, bedrückt um Veročkas Schultern hing und tagsüber zusammengeknäuelt im Flur bei den Mützen der Männer oder im Eßzimmer auf der Truhe herumlag, und auf dem ungeniert die alte Katze schlief. Dieses Tuch und die Falten in dem Jäckchen strahlten ungezwungene Trägheit, Behaglichkeit und Wohlbefinden aus. Vielleicht deshalb, weil Vera Ognëv gefiel, konnte er aus jedem Knopf und jedem Fältchen etwas Warmes, Gemütliches, Naives herauslesen, all das Schöne und Poetische, das falschen und kalten Frauen, denen der Sinn für Schönheit abgeht, fehlt.

Veročka war von schöner Statur, hatte ein ebenmäßiges Profil und schönes welliges Haar. Ognëv, der in seinem Leben wenig Frauen gesehen hatte, hielt sie für eine Schönheit.

– Ich reise ab! – sagte er, indem er sich an der Gartenpforte verabschiedete. – Behalten Sie mich in guter Erinnerung! Danke für alles!

Mit demselben Seminaristensingsang, in dem er sich mit dem Alten unterhalten hatte, mit demselben Zwinkern und Achselzucken begann er sich bei Vera zu bedanken für Gastfreundschaft, Freundlichkeit und Herzlichkeit.

– Von Ihnen habe ich meiner Mutter in jedem Brief geschrieben, – sagte er. – Wenn alle so wären wie Sie und Ihr Papa, so wäre das kein Leben auf der Welt, sondern ein Butterfaß. Das ganze Publikum hier ist großartig! Lauter einfache, herzliche, ehrliche Menschen.

– Wohin fahren Sie als erstes? – fragte Vera.

– Zuerst fahre ich zu meiner Mutter nach Orël, bleibe ein-zwei Wochen bei ihr, und dann – nach Piter, an die Arbeit.

– Und dann?

– Dann? Den Winter über werde ich arbeiten, im Frühjahr geht es dann wieder irgendwohin aufs Land, zum Materialsammeln. Also, viel Glück, werden Sie hundert Jahre alt und … behalten Sie mich in guter Erinnerung. Wir werden uns nie wiedersehen.

Ognëv verbeugte sich und küßte Veročka die Hand. Danach zupfte er in stummer Erregung seinen Pelerinenmantel zurecht, faßte das Bücherbündel bequemer, schwieg einen Augenblick und sagte:

– Wie neblig es ist!

– Ja. Haben Sie auch nichts bei uns vergessen? – Was? Nein, ich glaube, nichts …

Einige Sekunden stand Ognëv schweigend, wandte sich

dann linkisch der Gartenpforte zu und trat aus dem Garten.

– Warten Sie, ich begleite Sie bis zu unserem Wald, – sagte Vera und folgte ihm.

Sie gingen die Straße entlang. Jetzt verstellten keine Bäume mehr den Raum, und man sah den Himmel und die Ferne. Wie mit einem Schleier bedeckt, verbarg sich die Natur unter einem durchsichtigen matten Dunst, durch den heiter ihre Schönheit hervorblickte; der Nebel, stellenweise dichter und weißer, legte sich ungleichmäßig um die Getreideschober und Sträucher oder irrte in Schwaden über die Straße, schmiegte sich an die Erde, als sei er bemüht, den Raum freizuhalten. Durch den Dunst war die ganze Straße bis an den Wald zu sehen, mit den dunklen Gräben zu beiden Seiten und dem niedrigen Gebüsch, das in den Gräben wuchs und die Nebelschwaden am Weiterziehen hinderte. Eine halbe Verst von der Gartenpforte entfernt stand der dunkle Streifen des Kuznecovschen Waldes.

»Wozu ist sie mitgekommen? Jetzt muß ich sie zurückbegleiten!« – dachte Ognëv, als er aber einen Blick auf Veras Profil geworfen hatte, lächelte er liebevoll und sagte:

– Bei so einem schönen Wetter möchte man gar nicht abreisen! Ein richtig romantischer Abend, mit Mondschein, Stille und allen Honneurs. Wissen Sie was, Vera Gavriilovna? Ich lebe nun schon 29 Jahre auf der Welt und hatte noch nie im Leben eine Liebesaffaire. In meinem ganzen Leben keine einzige Liebesgeschichte, deshalb kenne ich Dinge wie Rendezvous, Seufzeralleen und Küssereien nur vom Hörensagen. Das ist nicht normal! In der Stadt, wenn du in einem Zimmer sitzt, bemerkst du diese Wissenslücke gar nicht, aber hier, an der frischen Luft, da spürt man sie stark ... Es ist geradezu unangenehm?

– Warum sind Sie so?

– Ich weiß nicht. Wahrscheinlich hatte ich mein Leben lang nie Zeit, vielleicht auch einfach keine Gelegenheit, Frauen zu begegnen, welche ... Ich habe überhaupt wenig Bekannte und gehe auch nirgends hin.

Dreihundert Schritt gingen die jungen Leute schweigend. Ognëv blickte ab und zu auf Veročkas wallendes Haar und ihr Tuch, und in seiner Seele erstanden einer nach dem anderen die Tage des Frühlings und des Sommers wieder auf; es war dies eine Zeit, in der er, seinem grauen Petersburger Zimmer fern, die Freundlichkeiten guter Menschen, die Natur und die geliebte Arbeit genießend, gar nicht wahrgenommen hatte, wie das Abendrot das Morgenrot ablöste und wie, das Ende des Sommers ankündigend, ein Vogel nach dem anderen zu singen aufhörte, zuerst die Nachtigall, dann die Wachtel, ein wenig später der Wiesenschnarrer ... Die Zeit war unbemerkt verflogen, also war das Leben schön und leicht gewesen ... Er begann, sich laut daran zu erinnern, mit welcher Unlust er, nicht reich, Bewegungen und Menschen nicht gewöhnt, Ende April hierher in den Kreis N. gekommen war, wo er erwartet hatte, auf Langeweile, Einsamkeit und Gleichgültigkeit gegenüber der Statistik zu treffen, die, nach seiner Meinung, unter den heutigen Wissenschaften die angesehenste Stelle einnahm. Eines Aprilmorgens im Kreisstädtchen N. angekommen, war er in der Herberge des Altgläubigen Rjabuchin abgestiegen, wo er für zwei Groschen am Tag ein helles und sauberes Zimmer bekam mit der Auflage, nur draußen auf der Straße zu rauchen. Nachdem er ausgeruht und sich erkundigt hatte, wer im Landkreis N. Vorsitzender der Zemstvoverwaltung war, begab er sich unverzüglich zu Fuß zu Gavriil Petrovič. Zu gehen waren vier Verst durch wunderbare Wiesen und jungen Wald. Unter den Wolken, die Luft mit Silberklängen erfüllend, flatterten die Lerchen, und über die grünenden Äcker zogen, manierlich und gemessen die Flügel schwingend, Saatkrähen dahin.

– Herrgott, – hatte Ognëv damals gestaunt, – atmet man hier immer so eine Luft, oder duftet es nur heute so, zu Ehren meiner Ankunft?

In Erwartung eines trocken geschäftsmäßigen Empfangs war er bei den Kuznecovs schüchtern eingetreten, mit mißtrauischem Blick und verlegen an seinem Bärtchen zupfend. Der Alte runzelte anfangs die Stirn und begriff nicht, wobei diesem jungen Mann und seiner Statistik die Zemstvoverwaltung helfen konnte, doch nachdem ihm dieser weitschweifig erklärt hatte, was statistisches Material sei und wo man es sammle, lebte Gavriil Petrovič auf, fing an zu lächeln und mit kindlicher Neugierde in Ognëvs Hefte zu blicken ... Am Abend desselben Tages saß Ivan Alekseič bereits am Abendbrottisch der Kuznecovs, war schnell betrunken von dem starken Liqueur und verspürte, beim Anblick der ruhigen Gesichter und trägen Bewegungen seiner neuen Bekannten, im ganzen Körper die süße, schläfrige Faulheit, wenn man nur noch schlafen, sich ausstrecken und lächeln möchte. Die neuen Bekannten beäugten ihn gutmütig und fragten, ob er noch Vater und Mutter habe, wieviel er im Monat verdiene, ob er oft ins Theater gehe ...

Ognëv erinnerte sich an seine Fahrten in die Gemeinden,

die Picknicks, das Angeln, den Ausflug mit der ganzen Gesellschaft zum Nonnenkloster der Äbtissin Marfa, die jedem der Gäste ein perlenbesetztes Portemonnaie geschenkt hatte, erinnerte sich an die hitzigen, endlosen, ganz und gar russischen Streitgespräche, bei denen die Gegner, schäumend und mit der Faust auf den Tisch hauend, sich nicht verstehen und sich unterbrechen, sich mit jedem Satz selbst widersprechen, ohne es zu merken, fortwährend das Thema wechseln und, nach zwei-drei Stunden Streit, in Lachen ausbrechen:

– Weiß der Teufel, worüber wir uns eigentlich streiten! Begonnen haben wir mit dem werten Befinden, und enden wird es mit Mord und Totschlag!

– Und erinnern Sie sich noch, wie Sie, der Doktor und ich nach Šestovo geritten sind? – sagte Ivan Alekseič zu Vera, als sie dem Wald näherkamen. – Da war dieser Narr in Christo. Ich gab ihm einen Fünfer, und er schlug dreimal das Kreuz und schleuderte meinen Fünfer ins Getreide. Herrgott, ich nehme so viele Eindrücke von hier mit, wenn man sie zu einem festen Klumpen zusammenpressen könnte, ergäben sie einen schönen Barren Gold! Ich begreife es nicht, warum stehen sich kluge und sensible Menschen in den Metropolen gegenseitig auf den Füßen und kommen nicht hierher? Ist etwa auf dem Nevskij und in den großen feuchten Häusern mehr Raum und mehr Wahrheit als hier? Wirklich erschienen mir meine möblierten Zimmer, die überquollen von Künstlern, von Gelehrten und Journalisten, immer nur als Aberglaube.

Zwanzig Schritte vor dem Waldrand führte die Straße über eine kleine schmale Brücke mit vier Pfosten an den

Ecken, die den Kuznecovs und ihren Gästen bei abendlichen Spaziergängen immer als Rastplatz diente. Von hier konnte man das Echo rufen und sehen, wie die Straße in der schwarzen Schneise verschwand.

– Da ist die Brücke! – sagte Ognëv. – Hier müssen Sie umkehren …

Vera blieb stehen und schöpfte Atem.

– Setzen wir uns einen Augenblick, – sagte sie und setzte sich auf einen der Pfosten. – Wenn jemand abreist, nach dem Lebewohl, setzen sich gewöhnlich alle noch einmal.

Ognëv pflanzte sich neben ihr auf sein Bücherbündel und sprach weiter. Sie atmete schwer vom Gehen und blickte Ivan Alekseič nicht an, sondern irgendwohin zur Seite, so daß er ihr Gesicht nicht sehen konnte.

– Und plötzlich sehen wir uns in zehn Jahren wieder, – sagte er – was für Menschen werden wir dann sein? Sie eine ehrwürdige Mutter und Hausfrau, und ich Verfasser eines ehrwürdigen statistischen Sammelwerks, das niemand braucht, das aber so dick ist wie vierzigtausend andere Sammelwerke. Wir werden uns begegnen und an alte Zeiten denken … Heute spüren wir die Gegenwart, sie erfüllt und erregt uns, doch später dann, bei unserem Wiedersehen, werden wir uns weder an den Tag noch an den Monat, nicht einmal an das Jahr erinnern, wann wir uns das letzte Mal gesehen haben, hier auf dieser kleinen Brücke. Sie werden sich wohl verändern … Hören Sie, werden Sie sich verändern?

Vera fuhr zusammen und wandte ihm das Gesicht zu. – Was? – fragte sie.

– Ich fragte Sie soeben …

– Verzeihen Sie, ich habe nicht gehört, was Sie sagten.

Hier erst bemerkte Ognëv die Veränderung an Vera. Sie war bleich, atmete schwer, und das Zittern ihres Atems teilte sich mit über die Arme, die Lippen, den Kopf, und aus der Frisur war ihr nicht, wie sonst, nur eine Locke in die Stirn gefallen, es waren zwei ... Sichtlich mied sie seinen Blick, und bemüht, ihre Erregung zu verbergen, zupfte sie mal an dem Krägelchen, das ihr in den Hals zu schneiden schien, mal zog sie das rote Tuch von der einen Schulter auf die andere ...

– Ihnen ist anscheinend kalt, – sagte Ognëv. – Bei Nebel herumzusitzen ist auch nicht gesund. Kommen Sie, ich bringe Sie nach Haus.

Vera schwieg.

– Was haben Sie? – lächelte Ivan Alekseič. – Sie schweigen und beantworten keine Fragen. Sind Sie krank oder böse? Hm?

Vera preßte die Hand an die Ognëv zugewandte Wange, riß sie aber mit einem Ruck wieder von ihr los.

– Eine schreckliche Situation ... – flüsterte sie mit dem Ausdruck von heftigem Schmerz im Gesicht. – Schrecklich! – Wieso denn schrecklich? – fragte Ognëv, die Achseln zuckend, und konnte sein Erstaunen nicht verbergen. – Was ist los?

Noch immer schwer atmend und mit zitternden Schultern wandte Vera ihm den Rücken zu, schaute eine halbe Minute zum Himmel auf und sagte:

– Ich muß mit Ihnen sprechen, Ivan Alekseič ...

– Ich höre ...

– Es wird Ihnen vielleicht merkwürdig erscheinen ... Sie werden sich wundern, aber es ist mir egal ...

Ognëv zuckte noch einmal die Achseln und stellte sich aufs Zuhören ein.

– Also ... – begann Vera, den Kopf gesenkt und eine Troddel ihres Tuchs zwischen den Fingern drehend. – Sehen Sie, also ich ... wollte Ihnen sagen ... Sie werden es merkwürdig finden und ... dumm, aber ich ... ich kann nicht mehr.

Veras Rede ging in undeutliches Stammeln über und erstickte plötzlich in Tränen. Die junge Frau hielt sich das Taschentuch vor das Gesicht, beugte sich noch weiter vor und fing bitterlich an zu weinen. Ivan Alekseič räusperte sich verlegen und blickte, verblüfft, nicht ahnend, was er sagen und was er tun sollte, hoffnungslos nach allen Seiten. An Weinen und Tränen nicht gewöhnt, kribbelte es ihm auf einmal in den eigenen Augen.

– Auch das noch! – stammelte er hilflos. – Vera Gavriilovna, was soll das, wüßte man gern? Kindchen, sind Sie ... sind Sie krank? Oder hat Sie jemand gekränkt? Sagen Sie, vielleicht kann ich ... helfen ...

Als er sich bei dem Versuch, sie zu trösten, erlaubte, vorsichtig die Hände von ihrem Gesicht zu lösen, lächelte sie ihn tränenüberströmt an und sagte:

– Ich ... liebe Sie!

Diese Worte, einfach und gewöhnlich, waren in einer einfachen, menschlichen Sprache gesagt worden, doch Ognëv wandte sich in heftiger Erregung von Vera ab, erhob sich und verspürte, als Folge der Verlegenheit, nichts als Erschrecken.

Die Trauer, die Wärme, die sentimentale Stimmung, die ihn mit dem Abschied und dem Liqueur angeweht hatten, waren im Augenblick verflogen und hatten einem jähen, unangenehmen Gefühl der Peinlichkeit Platz gemacht. Als hätte sich in seiner Seele das Unterste zuoberst gekehrt, schielte er zu Vera hinüber, und nun, nachdem sie mit ihrer Liebeserklärung die Unnahbarkeit abgelegt hatte, die eine Frau so schön macht, erschien sie ihm kleiner, gleichsam geschrumpft, gewöhnlicher, dumpfer.

»Was soll das? – erschrak er über sich selbst. – Und ich ... liebe ich Sie etwa oder nicht? Schöne Bescherung!«

Sie dagegen, da das Wichtigste und Schwierigste endlich gesagt war, atmete nun leicht und frei. Sie erhob sich ebenfalls, blickte Ivan Alekseič offen ins Gesicht und sprach auf ihn ein, hastig, unaufhaltsam, voll Feuer.

Wie ein Mensch, der plötzlich zutiefst erschrocken ist, sich später nicht mehr der Reihenfolge der Laute erinnern kann, in der die Katastrophe ihn ereilt hat, so erinnert sich auch Ognëv nicht an Veras Wörter und Sätze. Im Gedächtnis geblieben sind ihm nur der Inhalt ihrer Rede, sie selbst und jene Empfindung, die diese ihre Rede in ihm hervorgerufen hatte. Er erinnerte sich an die gleichsam gedämpfte, vor Erregung ein wenig heisere Stimme und die außergewöhnliche Musik und Leidenschaft ihrer Intonation. Weinend, lachend, mit blitzenden Tränchen in den Wimpern sprach sie davon, daß er ihr vom ersten Tage ihrer Bekanntschaft gefallen habe durch seinen originellen Geist, seine guten, klugen Augen, seine Aufgaben und Lebensziele, daß sie ihn leidenschaftlich liebe, wahnsinnig und tief; daß ihr, wenn sie manchmal im Sommer aus dem Garten ins Haus gekommen sei und im Flur seine Pelerine gesehen oder von fern seine Stimme gehört habe, heiß und kalt geworden sei in der Vorahnung des Glückes; selbst über seine harmlosesten Scherze habe sie lachen müssen, in jeder Ziffer in seinen Heften habe sie etwas Sinnvolles und Grandioses gesehen, und sein Knotenstock sei ihr schöner erschienen als jeder Baum.

Der Wald, die Nebelschwaden und die schwarzen Gräben zu beiden Seiten der Straße schienen den Atem anzuhalten, um ihr zuzuhören, in Ognëvs Seele aber ging etwas Ungutes und Merkwürdiges vor sich ... Vera war, während sie ihm ihre Liebe erklärte, bezaubernd schön, sie sprach schön und voller Leidenschaft, doch er empfand keinen Genuß, keine Freude am Leben, wie er gewollt hätte, sondern nur ein Gefühl des Mitleids mit Vera, Schmerz und Bedauern darüber, daß seinetwegen ein guter Mensch litt. Weiß Gott, ob es die Bücherweisheit war, die aus ihm sprach, oder der unüberwindliche Wille zur Objektivität, der die Menschen so oft daran hindert zu leben, jedenfalls erschienen ihm Veras Entzücken und Leiden süßlich fade und unernst, zugleich empörte sich jedoch sein Gefühl und flüsterte ihm zu, daß alles, was er gerade sehe und höre, sowohl von der Natur als auch vom persönlichen Glück aus gesehen, ernster sei als alle Statistiken, Bücher und Wahrheiten zusammen ... Er ärgerte sich und gab sich die Schuld, obwohl er gar nicht begriff, worin seine Schuld eigentlich bestand.

Um das Maß der Peinlichkeit voll zu machen, wußte er beim besten Willen nicht, was er sagen sollte, doch etwas sagen mußte er. Offen zu sagen, »ich liebe Sie nicht«, hatte er nicht die Kraft, und »ja« sagen konnte er nicht, denn so tief er auch wühlte, er fand in seiner Seele nicht einmal einen Funken ...

Er schwieg, während sie weitersprach, sagte, daß es kein größeres Glück für sie gebe, als ihn zu sehen, ihm zu folgen, und sei es sofort, wohin er wolle, seine Ehefrau und Gehilfin zu werden, daß sie, wenn er jetzt von ihr ginge, sterben würde vor Sehnsucht ...

– Ich kann hier nicht länger bleiben! – sagte sie, die Hände ringend. – Alles hier ist mir zuwider, das Haus, dieser Wald, die Luft. Ich ertrage die ständige Stille nicht mehr, dieses sinnlose Leben, ich ertrage unsere farblosen, blassen Menschen nicht mehr, die einander gleich sind wie ein Wassertropfen dem andern! Alle sind sie herzlich und gutmütig, weil sie satt sind, sie leiden nicht, sie kämpfen nicht ... Ich will in eben diesen großen, feuchten Häusern leben, wo man leidet, erbittert durch Mühe und Not ...

Auch das erschien Ognëv fade süßlich und unernst. Als Vera zu Ende war, wußte er noch immer nicht, was er sagen sollte, doch weiter zu schweigen war unmöglich, also stammelte er:

– Vera Gavriilovna, ich bin Ihnen sehr dankbar, obwohl ich fühle, daß ich so etwas ... so ein Gefühl Ihrerseits ... durch nichts verdient habe. Zweitens, als ehrlicher Mensch, muß ich sagen, daß ... das Glück auf dem Gleichgewicht beruht, das heißt ... wenn beide Seiten ... gleichermaßen lieben ...

Doch hier schämte sich Ognëv seines Gestammels und verstummte. Er spürte, daß sein Gesicht in diesem Augenblick dumm, schuldbewußt und flach aussah, angespannt und angestrengt ... Vera hatte mit Sicherheit vermocht, in diesem Gesicht die Wahrheit zu lesen, denn sie wurde plötzlich ernst, bleich und senkte den Kopf.

– Entschuldigen Sie bitte, – stammelte Ognëv, der das Schweigen nicht ertrug. – Ich habe eine solche Achtung vor Ihnen, daß … es mir wehtut!

Vera drehte sich jäh um und ging schnellen Schrittes zurück. Ognëv folgte ihr.

– Nein, nicht nötig! – sagte Vera und winkte ihn mit der Hand zurück. – Kommen Sie nicht mit, ich finde den Weg allein …

– Nein, trotzdem … ich muß Sie begleiten …

Was Ognëv auch sagen mochte, alles bis auf das letzte Wort erschien ihm widerlich und flach. Das Schuldgefühl in ihm wuchs mit jedem Schritt. Er ärgerte sich, ballte die Fäuste und verfluchte seine Kälte und sein Unvermögen, mit Frauen umzugehen. Bemüht, eine Regung in sich zu wecken, blickte er auf Veročkas schöne Gestalt, auf ihr Haar und die Spuren, die ihre kleinen Füßchen im Straßenstaub hinterließen, rief sich ihre Worte und Tränen in Erinnerung, doch all das rührte ihn lediglich, brachte aber seine Seele nicht zum Schwingen.

»Nein, Liebe läßt sich nicht erzwingen! – versuchte er sich einzureden und dachte im selben Augenblick: – Warum eigentlich nicht? Ich werde bald 30! Einer besseren als Vera bin ich nie begegnet und werde ich auch nie begegnen … Oh, verfluchtes Alter! Alt sein mit 30 Jahren!«

Vera vor ihm ging immer schneller und schneller, ohne sich umzusehen, den Kopf gesenkt. Ihm schien, als sei sie vor Kummer eingefallen, schmaler geworden in den Schultern …

»Ich kann mir vorstellen, was jetzt in ihrer Seele vor sich

geht! – dachte er, die Augen auf ihrem Rücken. – Sicher empfindet sie solche Scham und solchen Schmerz, daß sie am liebsten sterben würde! Herrgott, in alledem ist so viel Leben, Poesie und Sinn, es könnte einen Stein erweichen, nur ich … bin dumm und vernagelt …«

An der Gartenpforte warf ihm Vera einen verstohlenen Blick zu und ging, gebeugt, in ihr Tuch gehüllt, mit schnellen Schritten die Allee entlang.

Ivan Alekseič war allein. Den Weg zum Wald zurück ging er langsam, blieb ein ums andere Mal stehen und schaute sich zur Gartenpforte um, und seine ganze Gestalt schien auszudrücken, als könne er es selbst nicht glauben. Er suchte mit den Augen auf der Straße nach Veročkas Fußspuren und konnte es nicht glauben, daß die junge Frau, die ihm so gefiel, ihm soeben eine Liebeserklärung gemacht und daß er ihr auf so plumpe, stocksteife Weise »einen Korb gegeben« hatte! Zum ersten Mal im Leben hatte er die Gelegenheit, sich aus eigener Erfahrung davon zu überzeugen, wie wenig der Mensch von seinem guten Willen abhängig ist, und zum ersten Mal am eigenen Leib die Situation eines anständigen und herzensguten Menschen erfahren müssen, der wider Willen seinem Nächsten grausame, unverdiente Leiden zufügt.

Ihm schlug das Gewissen, und seit Vera verschwunden war, hatte es für ihn immer klarer den Anschein, als habe er etwas sehr Wertvolles, ihm Nahestehendes verloren, das er nie wieder finden würde. Er spürte, daß ihm mit Vera ein Teil seiner Jugend entglitten war und daß die Augenblicke, die er so fruchtlos hatte verstreichen lassen, niemals wiederkehren würden.

Als er an die Brücke kam, blieb er stehen, um nachzudenken. Er wollte die Ursache seiner merkwürdigen Kälte finden. Daß sie nicht außerhalb lag, sondern in ihm, war ihm klar. Aufrichtig gestand er sich ein, daß es nicht der kühle Verstand war, dessen kluge Menschen sich so gern rühmen, nicht die Kälte des selbstverliebten Dummkopfs, sondern einfach die Ohnmacht der Seele, die Unfähigkeit, Schönheit in ihrer Tiefe zu empfinden, das frühe Alter, erworben durch Erziehung, durch den zügellosen Kampf um das liebe Stückchen Brot, durch das einsame Leben im möblierten Zimmer.

Von der Brücke ging er langsam, gleichsam unschlüssig in den Wald. Hier, wo sich in der schwarzen, schweren Finsternis da und dort die scharf umrissenen Flecken des Mondlichts abzeichneten, wo er nichts anderes als die eigenen Gedanken wahrnahm, überkam ihn leidenschaftlich die Lust, das Verlorene zurückzuholen.

Und Ivan Alekseič erinnert sich, daß er wieder umgekehrt war. Während er sich an Erinnerungen zu erregen versuchte, sich in seiner Phantasie gewaltsam Veras Bild ausmalte, schritt er schnell dem Garten zu. Auf der Straße und im Garten lag kein Nebel mehr, der klare Mond blickte vom Himmel, wie frisch gewaschen, nur der Osten war neblig und mürrisch … Ognëv erinnert sich an seine vorsichtigen Schritte, die dunklen Fenster, den schweren Duft von Heliotrop und Reseda. Caro, sein Bekannter, freundlich mit dem Schwanz wedelnd, kam auf ihn zu und schnupperte an seiner Hand … Er war das einzige Lebewesen, das gesehen hat, wie er zweimal um das Haus gegangen war, eine Weile vor Veras dunklem Fenster gestanden, dann abgewunken und mit einem tiefen Seufzer den Garten verlassen hatte.

Eine Stunde später war er bereits im Städtchen, und erschöpft, zerschlagen, den Körper und das brennende Gesicht ans Herbergstor gelehnt, betätigte er den Klopfer. Irgendwo im Städtchen bellte verschlafen ein Hund, und wie zur Antwort auf sein Klopfen schlug jemand vor der Kirche auf das gußeiserne Klopfbrett.

– Treibst dich die Nächte herum … – brummte der altgläubige Herbergswirt im langen Hemd, lang wie ein Frauennachthemd, als er ihm das Tor öffnete. – Statt dich herumzutreiben, bete lieber zu Gott.

In seinem Zimmer setzte sich Ivan Alekseič aufs Bett und starrte lange, lange ins Licht, dann schüttelte er den Kopf und begann zu packen …

1887

NACHBARN

Pëtr Michajlyč Ivašin war sehr schlecht gelaunt, seine Schwester, eine junge Frau, war zu Vlasič gezogen, einem verheirateten Mann. Um sich irgendwie aus dieser bedrückten, niedergeschlagenen Stimmung zu lösen, die ihn weder zu Hause noch auf dem Feld verließ, rief er seinen Gerechtigkeitssinn zu Hilfe, seine ehrlichen, guten Überzeugungen – schließlich hatte er immer die freie Liebe verteidigt! – aber das half nicht, jedesmal, wie eine dumme Amme, gelangte er wider Willen zu demselben Schluß, nämlich daß seine Schwester schlecht gehandelt und daß Vlasič ihm die Schwester geraubt habe. Und das war qualvoll.

Die Mutter kam den ganzen Tag nicht aus ihrem Zimmer, die Amme sprach im Flüsterton und seufzte in einem fort, die Tante traf jeden Tag Reisevorkehrungen, mal wurden ihre Koffer auf den Flur getragen, mal zurück auf ihr Zimmer. Im Haus, auf dem Hof und im Garten herrschte Stille, so als sei im Hause jemand gestorben. Die Tante, die Bediensteten, sogar die Bauern schienen Pëtr Michajlyč rätselhaft und mit Befremden anzuschauen, als wollten sie sagen: »Man hat deine Schwester verführt, warum tust du nichts?« Auch er selbst warf sich Tatenlosigkeit vor, obwohl er nicht wußte, worin eine Tat eigentlich hätte bestehen sollen.

So vergingen sechs Tage. Am siebenten – es war Sonntag nach dem Essen – brachte ein Reiter einen Brief. Die Adresse, geschrieben in der vertrauten weiblichen Handschrift: »Ihre Exzell. Anna Nikolaevna Ivašina«. Aus irgendeinem Grunde schien es Pëtr Michajlyč, als enthalte dieser Briefumschlag, diese Handschrift und das nicht ausgeschriebene Wort »Exzell.« etwas Herausforderndes, Freches, Liberales. Und weiblicher Liberalismus ist starrsinnig, unerbittlich, grausam …

»Sie würde eher sterben, als ihrer unglücklichen Mutter ein Zugeständnis zu machen, sie um Verzeihung zu bitten«, – dachte Pëtr Michajlyč, als er mit dem Brief zu seiner Mutter ging.

Die Mutter lag angekleidet im Bett. Als sie ihren Sohn sah, setzte sie sich ruckartig auf, schob die grauen Haare unter das Häubchen zurück und fragte schnell:

– Was ist? Was ist?

– Das ist geschickt worden … – sagte der Sohn und reichte ihr den Brief.

Zinas Name wurde im Haus nicht mehr ausgesprochen, nicht einmal das Fürwort »sie«; von Zina sprach man nurmehr in der unpersönlichen Form: »ist geschickt worden«, ohne »von ihr« … Die Mutter erkannte die Handschrift der Tochter, ihr Gesicht wurde häßlich, unangenehm und die grauen Haare rutschten wieder unter dem Häubchen hervor.

– Nein! – sagte sie mit einer Handbewegung, als habe sie sich an dem Brief die Finger verbrannt. – Nein, nein, niemals? Um keinen Preis?

Die Mutter schluchzte vor Kummer und Scham hysterisch auf; offensichtlich hätte sie den Brief gern gelesen, doch daran hinderte sie der Stolz. Pëtr Michajlyč begriff, daß nun er den Brief entsiegeln und vorlesen mußte, aber ihn packte plötzlich ein Zorn, wie er ihn noch nie erlebt hatte; er stürzte auf den Hof hinaus und schrie den Reiter an:

– Sag, es gibt keine Antwort! Es gibt keine Antwort! Sag es genau so, du Rindvieh!

Und zerriß den Brief; dann traten ihm die Tränen in die Augen, und da er sich grausam, schuldig und unglücklich fühlte, ging er hinaus aufs Feld.

Er war noch keine achtundzwanzig Jahre alt, aber schon dick, trug wie die alten Männer ganz weite und bequeme Kleidung und litt an Atemnot. Er hatte bereits alle Anlagen zu einem gutsbesitzerlichen Hagestolz. Er verliebte sich nie, dachte nicht ans Heiraten und liebte nur seine Mutter, seine Schwester, die Amme und den Gärtner Vasiljic; er liebte es, gut zu essen, nach dem Essen zu schlafen und über Politik und erhabene Gegenstände zu sprechen … Seinerzeit hatte er studiert, doch heute sah er das so, als habe er eine Pflicht erfüllt, die jeder junge Mann im Alter von 18 bis 25 Jahren zu erfüllen hat; zumindest hatten die Gedanken, die ihm heute täglich durch den Kopf gingen, mit den Wissenschaften und der Universität, die er durchlaufen hatte, nichts mehr gemein.

Auf dem Feld war es heiß und still, wie vor dem Regen. Im Wald dampfte es, und es roch schwer und betäubend nach Kiefern und modrigem Laub. Pëtr Michajlyč blieb oft stehen und wischte sich die nasse Stirn. Er inspizierte seine Winter- und die Sommersaat, schritt das Kleefeld ab und scheuchte zweimal am Waldrand ein Rebhuhn mit Küken auf; die ganze Zeit dachte er daran, daß dieser unerträgliche Zustand nicht ewig dauern könne und daß er ihn so oder anders werde beenden müssen. Irgendwie beenden, dumm, barbarisch, aber unbedingt beenden.

»Aber wie? Was soll ich tun?« – fragte er sich und blickte

flehentlich zum Himmel und zu den Bäumen auf, als wolle er sie um Hilfe bitten.

Doch Himmel und Bäume schwiegen. Die guten Überzeugungen halfen nicht, und der gesunde Menschenverstand sagte ihm, daß man die qualvolle Frage nicht anders als auf dumme Art und Weise lösen könne und daß die heutige Szene mit dem Reiter nicht die letzte ihrer Art sein werde. Was alles noch geschehen würde – es konnte einem Angst machen, nur daran zu denken!

Als er nach Hause zurückkehrte, ging bereits die Sonne unter. Jetzt schien ihm, die Frage sei überhaupt nicht zu lösen. Sich mit der vollendeten Tatsache abzufinden war unmöglich, sich nicht mit ihr abzufinden war ebenfalls unmöglich, und einen Mittelweg gab es nicht. Als er, den Hut in der Hand und sich mit dem Taschentuch zufächelnd, die Straße entlangging und bis zum Haus noch zwei Verst zu gehen hatte, hörte er hinter sich Glöckchen. Es war eine phantasievolle und wohlgelungene Kombination von Glöckchen und Schellen, die gläserne Klänge erzeugten. Mit so einem Geläut fuhr nur der Kreispolizeichef Medovskij, Husarenoffizier außer Diensten, ein verschwenderischer, verlebter, kranker Mann, entfernt mit Pëtr Michajlyč verwandt. Bei Ivašins ging er ein und aus, für Zina hegte er zärtliche väterliche Gefühle und war von ihr entzückt.

– Ich wollte zu Ihnen, – sagte er, als er mit Pëtr Michajlyč auf gleicher Höhe war. – Steigen Sie ein, ich fahre Sie.

Er lächelte und blickte heiter drein; offenbar wußte er noch nicht, daß Zina zu Vlasič gezogen war; vielleicht hatte man es ihm auch erzählt, doch er hatte es nicht geglaubt. Pëtr Michajlyč fühlte sich in einer schwierigen Lage.

– Herzlich willkommen, – stammelte er, errötend, daß ihm beinahe die Tränen kamen, und ohne zu wissen, wie und was er zusammenlügen sollte. – Freut mich sehr, – fuhr er fort und versuchte zu lächeln, – aber ... Zina ist verreist, und Mama ist krank.

– Wie ärgerlich! – sagte der Polizeichef und blickte Pëtr Michajlyč nachdenklich an. – Und ich wollte bei Ihnen den Abend verbringen. Wo ist Zinaida Michajlovna denn hingefahren?

– Zu den Sinickijs, und von dort wollte sie, glaube ich, ins Kloster. Ich weiß nicht genau.

Der Polizeichef sagte noch etwas und wendete. Pëtr Michajlyč ging nach Hause und dachte voll Entsetzen daran, was für ein Gefühl der Polizeichef erst hätte, wenn er die Wahrheit erführe. Pëtr Michajlyč stellte sich dieses Gefühl vor, und mit ihm betrat er das Haus.

»Hilf, Herrgott, hilf ...« – dachte er.

Im Eßzimmer beim abendlichen Tee saß nur die Tante, allein. Wie gewöhnlich hatte sie einen Gesichtsausdruck, der zu sagen schien, sie sei zwar schwach und schutzlos, dennoch würde sie niemandem gestatten, sie zu kränken. Pëtr Michajlyč setzte sich ans andere Ende des Tisches (er konnte die Tante nicht leiden) und trank schweigend seinen Tee.

– Deine Mutter hat heute wieder nichts gegessen, – sagte die Tante. – Das solltest du dir merken, Petruša. Mit Hunger kommst du dem Kummer nicht bei.

Pëtr Michajlyč erschien es unsinnig, daß sich die Tante in fremde Angelegenheiten mischte und ihre Abreise damit in Zusammenhang brachte, daß Zina ausgezogen war. Er wollte ihr etwas Freches sagen, beherrschte sich aber. Und indem er sich beherrschte, spürte er, daß die Zeit zum Handeln gekommen sei und daß er nicht die Kraft habe, das länger zu ertragen. Entweder sofort handeln, oder zu Boden fallen, schreien und mit dem Kopf auf den Boden schlagen. Er stellte sich Vlasič und Zina vor, wie sie beide, liberal und mit sich selbst zufrieden, sich jetzt irgendwo unter einem Ahorn küßten, und alles Bedrückende und Böse, das sich während sieben langer Tage in ihm angestaut hatte, brach über Vlasič zusammen.

»Einer hat meine Schwester verführt und geraubt, – dachte er, – ein anderer wird kommen und meine Mutter erstechen, ein dritter das Haus in Brand stecken oder ausrauben ... Und all das unter der Maske der Freundschaft, der erhabenen Ideen und Leiden!«

– Nein, das darf nicht sein! – rief Pëtr Michajlyč plötzlich und schlug mit der Faust auf den Tisch.

Er sprang auf und stürzte aus dem Eßzimmer. Im Stall stand das gesattelte Pferd des Verwalters. Er saß auf und ritt zu Vlasič.

In seiner Seele tobte ein ganzer Sturm. Er verspürte das Bedürfnis, etwas Ungeheuerliches, Aufsehenerregendes zu tun, auch wenn er es später sein Leben lang bereuen würde. Vlasič einen Schurken nennen, ihn ohrfeigen und dann zum Duell fordern? Doch Vlasič ist keiner von denen, die sich im Duell schlagen; der Schurke und die Ohrfeige würden ihn nur noch unglücklicher machen, er würde sich nur um so tiefer in sich selbst zurückziehen. Diese unglücklichen, stumm ergebenen Menschen sind die unerträglichsten, die schwierigsten Menschen. Sie kommen überall ungestraft davon. Wenn ein unglücklicher Mensch, als Antwort auf einen verdienten Vorwurf, mit seinen tiefen, schuldbewußten Augen aufschaut, schmerzlich lächelt und ergeben die Wange hinhält, dann hat selbst die personifizierte Gerechtigkeit nicht den Mut, die Hand gegen ihn zu erheben.

»Egal. Ich werde ihn vor ihren Augen mit der Peitsche schlagen und ihm Grobheiten sagen«, – beschloß Pëtr Michajlyč.

Er ritt durch seinen Wald und über das Brachland und stellte sich vor, wie Zina, um ihren Schritt zu rechtfertigen, anfangen würde, über die Rechte der Frau zu sprechen, über die Freiheit der Persönlichkeit und darüber, daß zwischen kirchlicher und bürgerlicher Ehe keinerlei Unterschied bestehe. Sie würde, nach Frauenart, über etwas streiten, von dem sie nichts verstand. Und am Ende wahrscheinlich fragen: »Was hast du damit zu tun? Welches Recht hast du, dich hier einzumischen?«

– Nein, dazu habe ich nicht das Recht, – stammelte Michajlyč. – Aber desto besser ... Je gröber, je weniger Recht, desto besser.

Es war schwül. Tief über dem Boden standen Wolken von Mücken, und im Brachland klagten weinend die Kiebitze. Alles verkündete den Regen, doch noch war kein einziges Wölkchen zu sehen. Pëtr Michajlyč überquerte den Grenzrain und ritt nun durch ebenes, glattes Feld. Er ritt diesen Weg oft und kannte jeden Strauch, jede Senke. Das, was jetzt in weiter Ferne in der Dämmerung aussah wie eine dunkle Felsklippe, war die rote Kirche; er konnte sie sich bis in alle Einzelheiten vorstellen, sogar den Mörtel am Tor und die Kühe, die ständig im Vorhof weideten. Eine Verst weiter rechts der Kirche steht dunkel das Gehölz des

Grafen Koltovič. Und hinter dem Gehölz beginnt schon Vlasičs Land.

Über der Kirche und dem Gehölz des Grafen zog eine riesengroße schwarze Wolke auf, und aus ihr loderten bleiche Blitze.

»Na also! – dachte Pëtr Michajlyč. – Hilf, Herrgott, hilf!« Das Pferd war von dem scharfen Ritt bald ermüdet, auch Pëtr Michajlyč war müde. Die Gewitterwolke schaute zornig auf ihn herab, wie um ihm zu raten, nach Hause zurückzureiten. Es wurde ein bißchen unheimlich.

»Ich werde ihnen beweisen, daß sie im Unrecht sind! – munterte er sich auf. – Sie werden sagen, das sei die freie Liebe, die Freiheit der Persönlichkeit; aber Freiheit liegt doch in der Enthaltsamkeit, und nicht darin, daß man sich den Leidenschaften unterwirft. Unzucht ist das, keine Freiheit!«

Da war schon der große gräfliche Teich; unter der Wolke blau angelaufen, schaute er mürrisch drein; es roch nach Feuchtigkeit und Sumpf. Die beiden Weiden am Knüppeldamm, die eine alt, die andere jung, neigten sich einander zärtlich zu. An dieser Stelle waren vor zwei Wochen Pëtr Michajlyč und Vlasič zu Fuß gegangen und hatten leise das Studentenlied gesungen: »Wer nicht liebt, der vergibt – das schöne junge Leben ...« Ein erbärmliches Lied!

Als Pëtr Michajlyč durch das Gehölz ritt, krachte der Donner, und die Bäume rauschten und bogen sich im Wind. Er mußte sich beeilen. Von dem Gehölz bis zu Vlasičs Gutshof hatte er noch eine knappe Verst über die Wiese zu reiten. Hier standen zu beiden Seiten der Straße alte Birken. Sie waren ebenso betrüblich und unglücklich anzusehen wie ihr Besitzer Vlasič, ebenso dürr und hoch aufgeschossen wie er. In die Birken und ins Gras prasselten dicke Regentropfen; der Wind hatte sich sofort gelegt, und es roch nach nasser Erde und Pappeln. Da war auch schon Vlasičs Zaun mit der gelben Akazie, ebenfalls dürr und hoch aufgeschossen; und wo das Gatter umgestürzt war, sah man den verwilderten Obstgarten.

Pëtr Michajlyč dachte nicht mehr an die Ohrfeige, auch nicht an die Peitsche, und wußte nicht, was er bei Vlasič tun sollte. Ihm war mulmig. Er hatte Angst um sich und seine Schwester, und ihm war unheimlich, daß er sie gleich sehen würde. Wie würde sie sich ihm gegenüber verhalten? Worüber würden beide sprechen? Und sollte er nicht umkehren, ehe es zu spät war? Während er so dachte, ritt er durch die Lindenallee auf das Haus zu, wich den weit ausladenden Fliedersträuchern aus und erblickte plötzlich Vlasič.

Vlasič, ohne Hut, im Kattunhemd und hohen Stiefeln, unter dem Regen geduckt, kam um eine Ecke des Hauses auf die Freitreppe zu; ihm folgte ein Knecht mit einem Hammer und der Kiste mit Nägeln in Händen. Vermutlich hatten sie einen Fensterladen repariert, der im Wind geschlagen hatte. Beim Anblick von Pëtr Michajlyč blieb Vlasič stehen.

– Du? – sagte er und lächelte. – Das ist aber schön.

– Ja, ich, wie du siehst … – sagte Pëtr Michajlyč leise, während er mit beiden Händen den Regen abstrich.

– So ist es gut. Freut mich sehr, – sagte Vlasič, gab ihm aber nicht die Hand: offenbar traute er sich nicht und wartete, daß man sie ihm gab. – Gut für den Hafer! – sagte er und schaute zum Himmel auf.

– Ja.

Schweigend gingen sie ins Haus. Rechts aus dem Flur führte eine Tür auf einen zweiten Flur und dann in den Saal, und eine nach links in ein kleines Zimmer, das im Winter der Vorarbeiter bewohnte. Pëtr Michajlyč und Vlasič gingen in dieses Zimmer.

– Wo hat der Regen dich erwischt? – fragte Vlasič.

– Erst kurz vor dem Haus.

Pëtr Michajlyč setzte sich aufs Bett. Er war froh, daß der Regen rauschte und daß es im Zimmer dunkel war. So war es besser: nicht so unheimlich und nicht nötig, dem Gegenüber ins Gesicht zu sehen. Sein Zorn war verflogen, geblieben waren die Angst und der Ärger über sich selbst. Er spürte, daß er es falsch angefangen hatte und daß aus diesem seinem Besuch nichts Vernünftiges herauskommen würde.

Beide schwiegen eine Zeitlang und gaben sich den Anschein, als lauschten sie dem Regen.

– Danke, Petruša, – begann Vlasič nach einem Räuspern. – Ich bin dir sehr dankbar, daß du gekommen bist. Das ist hochherzig und vornehm von dir. Ich begreife das und, glaube mir, ich weiß es hoch zu schätzen. Glaube mir.

Er schaute zum Fenster hinaus und fuhr, mitten im Zimmer stehend, fort:

– Es ist alles so heimlich geschehen, als hätten wir uns vor dir versteckt. Das Bewußtsein, wir könnten dich womöglich gekränkt und erbost haben, lag die ganzen Tage wie ein Makel auf unserem Glück. Aber laß mich etwas zu unserer Rechtfertigung sagen. Wir haben nicht heimlich gehandelt, weil wir kein Vertrauen zu dir gehabt hätten. Erstens kam alles so plötzlich, wie auf eine Eingebung hin, da war zum Überlegen keine Zeit. Zweitens war die Sache so heikel und intim ... Es war uns peinlich, einen Dritten einzuweihen, selbst einen so Nahestehenden wie dich. Vor allem aber, wir rechneten bei alledem fest auf deine Hochherzigkeit. Du bist der hochherzigste, vornehmste Mensch. Ich bin dir unendlich dankbar. Wenn du je mein Leben brauchst, so komm und nimm es.

Vlasič sprach mit leisem, dumpfen Baß, stets in gleicher Höhe, es war wie ein Summen; er war *sichtlich* erregt. Pëtr Michajlyč spürte, daß es jetzt an ihm sei zu sprechen und daß weiter zuzuhören und zu schweigen für ihn bedeuten würde, tatsächlich den hochherzigsten und vornehmsten Dummkopf abzugeben, und dazu war er nicht hergekommen. Er erhob sich unvermittelt und sagte halblaut, schwer atmend:

– Hör zu, Grigorij, du weißt, ich habe dich geliebt und mir keinen besseren Ehemann für meine Schwester wünschen können; aber was geschehen ist, ist schrecklich! Es macht mir Angst, nur dran zu denken!

– Warum denn Angst? – fragte Vlasič mit bebender Stimme. – Angst machen könnte es, wenn wir schlecht gehandelt hätten, aber das haben wir doch nicht!

– Hör zu, Grigorij, du weißt, ich habe keine Vorurteile; aber verzeih meine Offenheit, meiner Meinung nach habt ihr beide egoistisch gehandelt. Natürlich werde ich das Zina nicht sagen, es könnte sie kränken, aber du sollst wissen: Mutter leidet in einer Weise, die kaum zu beschreiben ist.

– Ja, das ist traurig, – seufzte Vlasič. – Das haben wir vorausgesehen, Petruša, aber was hätten wir denn tun sollen?

Wenn dein Handeln jemanden kränkt, bedeutet das noch lange nicht, daß es schlecht wäre. Was tun! Jeder ernste Schritt, den du tust, muß unweigerlich jemand anderen kränken. Wenn du losgehen würdest, für die Freiheit zu kämpfen, wäre das für deine Mutter ebenfalls ein Grund zu leiden. Was tun! Wer die Ruhe seiner Nächsten als das Höchste ansieht, der muß auf jegliches Leben für die Idee verzichten.

Vor dem Fenster zuckte grell ein Blitz, und dieses Licht schien Vlasičs Gedankengang abgelenkt zu haben. Er setzte sich neben Pëtr Michajlyč und sprach auf einmal von Dingen, die ganz und gar nicht hierher gehörten.

– Petruša, ich verehre deine Schwester, – sagte er. – Jedesmal, wenn ich zu dir kam, hatte ich das Gefühl, ich sei auf einer Wallfahrt, und ich habe Zina tatsächlich angebetet. Jetzt wächst meine Verehrung mit jedem Tag. Sie steht für mich höher als eine Ehefrau! Höher! (Vlasič fuchtelte mit den Händen.) Sie ist mein Heiligtum. Seit sie bei mir lebt, betrete ich das Haus wie einen Tempel. Sie ist eine seltene, außergewöhnliche, höchst vornehme Frau!

»Jetzt spielt er seinen Leierkasten!« – dachte Pëtr Michajlyč; das Wort »Frau« mißfiel ihm.

– Warum heiratet ihr nicht richtig? – fragte er.

– Wieviel will deine Frau für die Scheidung?

– Fünfundsiebzigtausend.

– Ein bißchen viel. Und wenn du sie herunterhandelst?

– Sie geht nicht runter, um keine Kopeke. Sie, Freund, ist eine schreckliche Frau! – seufzte Vlasič. – Ich habe dir früher nie von ihr erzählt, die Erinnerung an sie war mir zuwider, aber wo wir nun auf sie gekommen sind, bitte. Ich heiratete sie unter dem Eindruck eines guten, ehrenhaften Augenblicks. In unserem Regiment, wenn du Einzelheiten willst, hatte sich ein Bataillonskommandeur mit einem achtzehnjährigen Mädchen eingelassen, das heißt, ganz einfach, er hatte sie verführt, zwei Monate mit ihr gelebt und dann sitzengelassen. Sie war in einer entsetzlichen Lage, Freund. Zu den Eltern zurückzukehren, schämte sie sich, und die hätten sie auch nicht wieder aufgenommen, vom Liebhaber sitzengelassen – also Marsch in die Kaserne und verkauf dich. Die Kameraden im Regiment waren empört. Sie waren zwar selbst keine Heiligen, doch diese Gemeinheit stach schon sehr ins Auge. Außerdem konnte den Bataillonskommandeur im Regiment niemand leiden. Und um ihm eins auszuwischen, verstehst du, begannen alle entrüsteten Fähnriche und Leutnants, für das unglückliche Mädchen Geld zu sammeln. Und als wir, die niederen Ränge, zu einer Beratung zusammenfanden und der eine fünf, der andere zehn herausrückte, da fing ich plötzlich Feuer. Die Umstände schienen mir nur zu günstig für eine Heldentat. Ich lief zu dem Mädchen und bekundete ihr in feurigen Worten mein Mitgefühl. Und während ich zu ihr ging und zu ihr sprach, liebte ich sie feurig, als Erniedrigte und Beleidigte. Ja ... und so kam es, daß ich ihr eine Woche später einen Antrag machte. Meine Vorgesetzten und Kameraden befanden meine Ehe für unvereinbar mit der Offizierswürde. Das entflammte mich nur um so mehr. Ich schrieb, verstehst du, einen langen Brief, in dem ich nachwies, daß meine Handlung mit goldenen Lettern in die Geschichte des Regiments eingetragen gehörte usw. Den Brief schickte ich an den Kommandeur, und Kopien an die Kameraden. Natürlich war ich aufgebracht, und es ging nicht ohne Schroffheiten ab. Man bat mich, das Regiment zu verlassen. Irgendwo habe ich noch den Entwurf, ich geb ihn dir einmal zu lesen. Geschrieben ist er mit großem Gefühl. Du wirst sehen, was für vornehme, leuchtende Augenblicke ich durchlebt habe. Ich nahm meinen Abschied und kam mit meiner Frau hierher. Mein Vater hatte ziemlich hohe Schulden hinterlassen, Geld hatte ich keins, und meine Frau schloß vom ersten Tage an Bekanntschaften, begann sich nach der Mode zu kleiden, Karten zu spielen, so daß ich gezwungen war, das Gut zu verpfänden. Verstehst du, sie führte ein schlechtes Leben, und von allen meinen Nachbarn warst du als einziger nicht ihr Liebhaber. Zwei Jahre später gab ich ihr eine Abfindung, alles, was ich damals besaß, und sie zog in die Stadt. Ja ... Und heute zahle ich ihr zwölfhundert jährlich. Eine schreckliche Frau! Es gibt eine Fliege, Freund, die legt ihre Larve so auf den Rücken der Spinne, daß diese sie nicht abwerfen kann; die Larve wächst an der Spinne fest und trinkt von ihrem Herzblut. Sie haßt und verachtet mich dafür, daß ich eine Dummheit begangen, das heißt, eine Frau wie sie geheiratet habe. Meine Hochherzigkeit findet sie erbärmlich. »Ein kluger Mann, sagt sie, hat mich sitzen gelassen, ein Dummkopf hat mich aufgelesen.« Ihrer Meinung nach hat nur ein erbärmlicher Idiot so handeln können wie ich. Für mich, Freund, ist das unerträglich bitter. Überhaupt, Freund, das sage ich in Klammern, das Schicksal bedrückt mich. Es drückt mich zu Boden.

Pëtr Michajlyč hörte Vlasič zu und fragte sich mit Befremden: was hat Zina an diesem Manne so gefallen können? Nicht jung – er war schon über 40 –, mager, dürr, schmalbrüstig, mit langer Nase, mit grau durchsetztem Bart. Spricht er – klingt es wie ein Summen, er lächelt schmerzlich, und im Gespräch fuchtelt er unschön mit den Händen. Weder Gesundheit noch schönes männliches Auftreten, keine weltläufigen Manieren, keine Heiterkeit, sondern nach außen etwas ganz und gar Glanzloses, nicht einzuordnen. Kleidet sich geschmacklos, die Einrichtung ist trübselig, Dichtung und Malerei erkennt er nicht an, denn sie »entsprechen nicht den Anforderungen der Stunde«, das heißt, er hat von ihnen keine Ahnung; Musik vermag ihn nicht zu rühren. Als Landwirt ist er schlecht. Sein Gut ist hoffnungslos heruntergewirtschaftet und verpfändet; für die zweite Hypothek zahlt er zwölf Prozent, außerdem schuldet er auf Wechsel weitere zehntausend. Wenn er die Zinsen zahlen oder seiner Frau das Geld schicken muß, borgt er sich bei jedem etwas, und das mit einem Gesichtsausdruck, als sei ihm das Haus über dem Kopf abgebrannt, unterdessen verkauft er blindlings den gesamten Winterbrand für fünf Rubel, das Fuder Stroh für drei und verheizt dann stattdessen den Gartenzaun oder die alten Mistbeetrahmen. Seine Wiesen sind von den Schweinen verheert, in den Schonungen im Wald geht das Vieh der Bauern spazieren, und alte Bäume gibt es mit jedem Winter weniger und weniger; auf den Gemüsebeeten und im Obstgarten liegen Bienenstöcke und rostige Eimer herum. Er hat weder Talente noch Begabungen, nicht einmal die einfache Fähigkeit, zu leben, wie Menschen leben. Im praktischen Leben ist er ein naiver Schwächling, leicht zu betrügen und zu kränken, und die Bauern nennen ihn nicht von ungefähr ein »schlichtes Gemüt«.

Er ist ein Liberaler und gilt im Landkreis als Roter, doch auch das gerät ihm langweilig. Seine Freidenkerei hat keine Originalität, kein Pathos; er empört, entrüstet und freut sich irgendwie immer auf derselben Tonhöhe, wirkungslos und schlaff. Selbst in Augenblicken heftiger Begeisterung hebt er den Kopf nicht, sondern bleibt gebückt. Doch am langweiligsten ist, daß er es fertigbringt, sogar seine guten, ehrenwerten Ideen auf eine Weise auszudrücken, daß sie banal und rückständig klingen. Man fühlt sich erinnert an etwas Altes, längst Gelesenes, wenn er langsam, mit tiefsinniger Miene anhebt, über die vornehmen, leuchtenden Augenblicke zu sprechen, die besten Jahre seines Lebens, oder sich für die Jugend begeistert, die der Gesellschaft voranschreite und stets vorangeschritten sei, oder die Russen dafür tadelt, daß sie mit dreißig den Schlafrock überziehen und das Vermächtnis ihrer almae matris vergessen. Wenn du bei ihm zum Übernachten bleibst, legt er dir Pisarev oder Darwin auf den Nachttisch. Und wenn du sagst, das hättest du schon gelesen, geht er und bringt dir Dobroljubov.

Das nannte man im Landkreis Freidenkerei, und viele sahen in dieser Freidenkerei eine unschuldige, harmlose Verschrobenheit; doch ihn machte sie zutiefst unglücklich. Sie war für ihn eben jene Larve, von der er kurz zuvor gesprochen hatte: sie war an ihm festgewachsen und trank von seinem Herzblut. In der Vergangenheit eine Ehe im Stil Dostojevskijs, lange Briefe und Kopien, *schlecht*, unleserlich, aber mit großem Gefühl geschrieben, endlose Mißverständnisse, Erklärungen, Enttäuschungen, dann Schulden, die zweite Hypothek, der Unterhalt für seine Frau, die monatliche Borgerei – und all das niemandem zunutze, weder ihm noch den anderen. In der Gegenwart spreizt er sich ständig, wie früher, sucht nach Heldentaten und steckt die Nase in fremde Angelegenheiten; wie früher, bei jeder sich bietenden Gelegenheit, lange Briefe und Kopien, erschöpfende, aus nichts als Klischees bestehende Gespräche über die Dorfgemeinschaft oder über die Förderung der Heimindustrie oder die Einrichtung von Käsereien – Gespräche, eines wie das andere, so als kämen sie nicht aus einem lebendigen Hirn, sondern aus einer Maschine. Und schließlich der Skandal mit Zina, der Gott weiß wie enden wird!

Dabei ist Schwester Zina jung – erst 22 Jahre alt –, hübsch, elegant, lebenslustig; sie lacht gern, plaudert gern, streitet gern, musiziert leidenschaftlich gern; sie versteht etwas von Mode, von Büchern und von schöner Einrichtung, bei sich zu Hause hätte sie kein solches Zimmer geduldet wie das hier, in dem es nach Stiefeln und nach billigem Fusel riecht. Sie ist ebenfalls eine Liberale, aber in ihrer Freidenkerei spürt man ein Übermaß an Kraft, den Ehrgeiz einer starken, kühnen jungen Frau, den leidenschaftlichen Durst, besser und origineller zu sein als andere ... Wie hatte sie sich in Vlasič verlieben können?

»Er ist ein Don Quijote, ein starrsinninger Fanatiker, ein Maniak, – dachte Pëtr Michajlyč, – sie dagegen ist genauso weich, charakterschwach und gefügig wie ich ... Wir ergeben uns schnell und ohne Widerstand. Sie liebt ihn; aber liebe ich ihn denn nicht auch, trotz alledem ...«

Pëtr Michajlyč hielt Vlasič für einen guten, einen ehrlichen, aber beschränkten und einseitigen Menschen. In all seiner Erregung, in seinen Leiden, ja in seinem ganzen Leben sah er weder die nächsten noch die ferneren höheren

Ziele, er sah nur Langeweile und Lebensuntüchtigkeit. Seine Selbstaufopferung und all das, was Vlasič Heldentat oder edles Streben nannte, erschienen ihm als nutzlose Kraftverschwendung, als überflüssige Schreckschüsse, die viel Pulver verbrauchten. Und daß Vlasič fanatisch an die außergewöhnliche Ehrlichkeit und Unfehlbarkeit seines Denkens glaubte, hielt er für naiv, sogar für krankhaft; und daß es Vlasič immer wieder gelang, das Nichtige mit dem Erhabenen zu verwechseln, daß er aus Dummheit geheiratet hatte und das für eine Heldentat hielt, und sich dann mit Frauen einließ und darin den Triumph irgend einer Idee sah – es war einfach unbegreiflich.

Dennoch liebte ihn Pëtr Michajlyč, spürte in ihm irgendeine Kraft und hatte aus irgendeinem Grunde nie den Mut, ihm zu widersprechen.

Vlasič war jetzt ganz nah gerückt, um beim Rauschen des Regens, im Dunklen weiterzusprechen, hatte sich schon geräuspert, bereit, etwas Langatmiges darzulegen wie die Geschichte seiner Heirat; doch Pëtr Michajlyč wurde es unerträglich, länger zuzuhören; ihn quälte der Gedanke, daß er gleich seine Schwester sehen würde.

– Ja, du hattest kein Glück im Leben, – sagte er weich, – aber entschuldige, wir sind vom Thema abgekommen. Wir sprechen nicht über das, worüber wir sprechen sollten.

– Ja, ja, tatsächlich. Kehren wir also zum Thema zurück, – sagte Vlasič und stand auf. – Ich sage dir, Petruša: unser Gewissen ist rein. Wir sind nicht getraut, doch unsere Ehe ist völlig legitim – das will ich nicht beweisen und das willst du auch nicht hören. Du denkst genauso frei wie ich, also haben wir in diesem Punkt Gott sei Dank keine Meinungsverschiedenheit. Was unsere Zukunft betrifft, so braucht sie dich nicht zu erschrecken. Ich werde arbeiten, bis ich Blut schwitze, werde nachts nicht schlafen – kurz, ich werde alle meine Kräfte anspannen, damit Zina glücklich wird. Sie wird ein schönes Leben haben. Du fragst: bin ich imstande, das zu tun? Ich bin es, Freund! Wenn der Mensch jede Minute nur an ein und dasselbe denkt, so fällt es ihm nicht schwer, das, was er will, auch zu erreichen. Aber gehen wir zu Zina. Machen wir ihr die Freude.

Pëtr Michajlyč bekam Herzklopfen. Er stand auf und folgte Vlasič auf den Flur, und von dort in den Saal. In diesem riesengroßen düsteren Raum war lediglich ein Klavier sowie eine lange Reihe antiker, bronzebeschlagener Stühle, auf die sich nie jemand setzte. Auf dem Klavier brannte eine Kerze. Aus dem Saal gingen sie ins Eßzimmer. Das war ebenfalls groß und ungemütlich; mitten im Raum stand ein runder Ausziehtisch auf sechs klobigen Beinen und nur eine Kerze. Die Uhr im großen Mahagonigehäuse, das aussah wie ein Heiligenschrein, zeigte halb drei.

Vlasič öffnete die Tür zum Zimmer nebenan und sagte: – Zinočka, Petruša ist bei uns!

Sofort waren eilige Schritte zu hören, und ins Eßzimmer trat Zina, hoch aufgeschossen, kräftig und sehr bleich, so wie Pëtr Michajlyč sie das letzte Mal zu Hause gesehen hatte – im schwarzen Rock und roter Bluse mit der großen Gürtelschnalle. Sie umarmte den Bruder mit einem Arm und küßte ihn auf die Schläfe.

– Was für ein Gewitter! – sagte sie, – Grigorij war irgendwohin gegangen, und ich – allein im ganzen Haus.

Sie war nicht verlegen und schaute ihrem Bruder offen

und klar ins Gesicht, wie zu Hause; als Pëtr Michajlyč sie so sah, wich die Verlegenheit auch von ihm.

– Seit wann hast du Angst vor Gewittern, – sagte er und setzte sich an den Tisch.

– Das nicht, aber die Zimmer hier sind so riesig, das Haus ist alt, und wenn es donnert, klirrt es wie ein Geschirrschrank. Überhaupt, ein reizendes Häuschen, – fuhr sie fort und setzte sich dem Bruder gegenüber. – Hier hängt an jedem Zimmer eine schöne Erinnerung. In meinem Zimmer, stell dir vor, hat sich Grigorijs Großvater erschossen.

– Im August bekommen wir Geld, dann renoviere ich das Nebengebäude im Garten.

– Irgendwie denkt man bei Gewitter immer an den Großvater, – fuhr Zina fort. – Und hier im Eßzimmer ist irgendein Diener zu Tode geprügelt worden.

– Das ist tatsächlich ein Faktum, – bestätigte Vlasič und schaute Pëtr Michajlyč aus großen Augen an. – In den vierziger Jahren hatte dieses Gut ein gewisser Olivier gepachtet, ein Franzose. Das Porträt seiner Tochter steht heute noch bei uns auf dem Dachboden. Sie war sehr hübsch. Dieser Olivier, hat mir mein Vater erzählt, verachtete die Russen wegen ihrer barbarischen Sitten, und machte sich grausam über sie lustig. So bestand er darauf, daß der Geistliche, wenn er am Gutshof vorüberkam, schon eine halbe Verst vorher die Mütze abnahm und, wenn Oliviers Familie durchs Dorf fuhr, die Kirchenglocken läuten ließ. Mit Leibeigenen und überhaupt den Geringeren dieser Welt machte er natürlich noch weniger Umstände. Einmal kam hier einer der wohlmeinendsten Söhne des pilgernden Rußlands vorüber, etwas wie der gogolsche Seminarist Choma Brut.

Er bat um ein Nachtlager, gefiel hier den Verwaltern, und sie gaben ihm ein Eckchen im Kontor. Es existieren mehrere Varianten. Die einen erzählen, der Seminarist habe die Bauern aufgewiegelt, die anderen – Oliviers Tochter habe sich in ihn verliebt. Ich weiß nicht, was stimmt, nur eines schönen Abends befahl Olivier ihn hier herein und verhörte ihn, dann ließ er ihn verprügeln. Verstehst du, er sitzt hier an diesem Tisch und trinkt Bordeaux, und die Pferdeknechte verprügeln den Seminaristen. Wahrscheinlich hat er ihn gefoltert. Gegen Morgen starb der Seminarist an den Mißhandlungen. Seine Leiche verschwand. Die Leute sagen, man hätte sie bei Koltovič in den Teich geworfen. Es kam zum Prozeß, aber der Franzose zahlte an den Richtigen einige Tausend und setzte sich ins Elsaß ab. Außerdem war die Pacht abgelaufen, damit hatte die Sache dann ein Ende.

– Was für Schurken! – sagte Zina und erschauderte.

– Mein Vater erinnerte sich gut an Olivier und seine Tochter. Er sagte, sie sei eine bemerkenswerte Schönheit, aber auch exzentrisch gewesen. Ich denke, der Seminarist hat beides getan: die Bauern aufgewiegelt und die Tochter verführt. Vielleicht war er gar kein Seminarist, sondern jemand incognito.

Zina war in Gedanken versunken: die Geschichte vom Seminaristen und der schönen Französin hatte ihre Phantasie offenbar weit fortgetragen. Äußerlich, so schien es Pëtr Michajlyč, hatte sie sich in der letzten Woche nicht im mindesten verändert, nur ein bißchen blasser war sie geworden. Ihr Blick war ruhig und wie immer, so als sei sie gemeinsam mit ihrem Bruder bei Vlasič zu Besuch. Doch Pëtr Michajlyč spürte, daß in ihm selbst eine Veränderung vorgegangen war. Tatsächlich, früher, als sie noch zu Hause lebte, konnte er mit ihr über absolut alles sprechen, jetzt hingegen war er dazu nicht imstande, ihr auch nur die schlichte Frage zu stellen: »Wie geht es dir hier?« Diese Frage erschien ihm peinlich und überflüssig. Sicher war dieselbe Veränderung auch in ihr vorgegangen. Sie hatte keine Eile, die Sprache auf die Mutter, das Haus, ihre Affaire mit Vlasič zu bringen; sie suchte nicht, sich zu rechtfertigen, sagte nicht, die bürgerliche Ehe sei besser als die kirchliche, war nicht erregt, sondern dachte in Ruhe nach über die Geschichte mit Olivier ... Und warum war man plötzlich auf Olivier gekommen?

– Ihr habt beide nasse Schultern vom Regen, – sagte Zina und lächelte heiter; sie war gerührt von der kleinen Übereinstimmung zwischen ihrem Bruder und Vlasič.

Und Pëtr Michajlyč spürte die ganze Bitterkeit und die ganze Entsetzlichkeit seiner Lage. Er dachte an sein leergewordenes Haus, an den abgeschlossenen Flügel und Zinas helles Zimmer, das heute niemand mehr betrat; er dachte daran, daß es auf den Alleen im Garten keine Spuren ihrer kleinen Füße mehr geben würde. Das, woran er sich von frühester Kindheit mehr und mehr gewöhnt, woran er so gern gedacht hatte, wenn er dasaß, im schwülen Klassenzimmer oder im Hörsaal – Klarheit, Reinheit, Freude, alles, was das Haus mit Leben und Licht erfüllt hatte, war unwiederbringlich vergangen, verschwunden und vermengt mit den groben, plumpen Geschichten von einem Bataillonskommandeur, einem hochherzigen Fähnrich, einem lasterhaften Weib, einem Großvater, der sich erschossen hatte ... Und das Gespräch auf die Mutter zu bringen oder zu denken, das Vergangene könne zurückkehren, hätte bedeutet, das nicht zu begreifen, was klar war.

Pëtr Michajlyč stiegen Tränen in die Augen, und die auf dem Tisch liegende Hand begann zu zittern. Zina erriet, woran er dachte, und auch ihre Augen röteten sich und begannen zu glänzen.

– Grigorij, komm doch mal! – sagte sie zu Vlasič.

Beide traten ans Fenster und sprachen im Flüsterton. Auch darüber, wie Vlasič sich zu ihr beugte und wie sie ihn anschaute, begriff Pëtr Michajlyč ein weiteres Mal, daß alles unwiderruflich zu Ende und daß über nichts mehr zu sprechen war. Zina ging hinaus.

– So ist das, Freund, – begann Vlasič, nach kurzem Schweigen, die Hände reibend und lächelnd. – Ich habe vorhin unser Leben ein Glück genannt, doch dabei habe ich mich, so zu sagen, dem Anspruch der Literatur unterworfen. In Wirklichkeit hat es ein Glücksgefühl noch nicht gegeben. Zina hat die ganze Zeit an dich gedacht, an ihre Mutter, und gelitten; wenn ich sie so sah, habe auch ich gelitten. Sie ist eine freie, kühne Natur, aber das muß man gewöhnt sein, weißt du, außerdem ist sie noch sehr jung. Die Bediensteten nennen sie das Fräulein; eine Kleinigkeit, vielleicht, aber sie regt es auf. So ist das, Freund.

Zina brachte einen Teller mit Erdbeeren. Ihr folgte ein kleines Dienstmädchen, das still ergeben und gedrückt aussah. Sie stellte einen Krug Milch auf den Tisch und verneigte sich sehr-sehr tief … Sie hatte etwas von dem antiken Mobiliar, etwas Steifes und Langweiliges.

Es war kein Regen mehr zu hören. Pëtr Michajlyč aß Erdbeeren, Vlasič und Zina sahen ihm schweigend zu. Es wurde Zeit für das überflüssige, aber unvermeidliche Gespräch, und alle drei verspürten seine Last. Pëtr Michajlyč stiegen wieder die Tränen in die Augen; er schob den Teller weg und sagte, er müsse jetzt nach Hause reiten, es würde sonst zu spät, und vielleicht würde es ja noch einmal regnen. Das war der Augenblick, in dem Zina anstandshalber auf ihre Angehörigen und ihr neues Leben zu sprechen kommen mußte.

– Wie geht es daheim? – fragte sie schnell, und ihr bleiches Gesicht begann zu beben. – Wie geht es Mama?

– Du kennst doch Mama ... – antwortete Pëtr Michajlyč, ohne sie anzusehen.

– Petruša, du hast lange nachgedacht über alles, – begann sie, den Bruder am Ärmel fassend, und er sah, wie schwer es ihr fiel zu sprechen. – Du hast lange nachgedacht; sage mir, kann ich damit rechnen, daß Mama sich irgendwann mit Grigorij aussöhnt ... und überhaupt mit dieser Lage?

Sie stand dicht vor ihrem Bruder, Angesicht in Angesicht, und er staunte darüber, wie schön sie war und daß er das früher so gut wie nicht bemerkt hatte, und daß seine Schwester, die der Mutter im Gesicht so ähnlich sah, verwöhnt, elegant, jetzt bei Vlasič und mit Vlasič lebte, an der Seite dieses Dienstmädchens, dieses sechsbeinigen Tisches, in einem Haus, in dem man einen lebendigen Menschen zu Tode geprügelt hatte, daß sie jetzt nicht mit ihm nach Hause fahren würde, sondern hier übernachten – all das erschien ihm unwahrscheinlich und absurd.

– Du kennst doch Mama ... – sagte er, ohne die Frage zu beantworten. – Ich denke, man sollte bedenken ... etwas tun, sie um Verzeihung bitten, vielleicht ...

– Aber um Verzeihung bitten würde bedeuten, den Anschein zu erwecken, als hätten wir schlecht gehandelt. Zur Beruhigung von Mama bin ich bereit zu lügen, aber das führt doch zu nichts. Ich kenne Mama. Geschehe denn, was will! – sagte Zina, schon heiterer, da das Unangenehmste nun gesagt war. – Warten wir fünf, zehn Jahre, haben wir Geduld, und dann – was Gott uns beschert.

Sie hakte sich bei ihrem Bruder unter und schmiegte sich, als sie den dunklen Flur durchschritten, an seine Schulter. Sie traten auf die Freitreppe. Pëtr Michajlyč verabschiedete sich, saß auf und ritt Schritt; Zina und Vlasič gingen ihn ein Stück begleiten. Es war still, warm und roch wunderbar nach Heu; am Himmel zwischen den Wolken brannten hell die Sterne. Vlasičs alter Garten, der schon so viele betrübliche Geschichten erlebt hatte, schlief, in Dunkelheit gehüllt, und aus irgendeinem Grunde war es traurig, durch ihn hindurchzureiten.

– Ich hatte mit Zina heute nach dem Essen einige wahrhaft leuchtende Augenblicke! – sagte Vlasič. – Ich habe ihr einen vorzüglichen Aufsatz über die Auswandererfrage vorgelesen. Lies ihn auch, Freund! Tu das unbedingt! Der Aufsatz ist bemerkenswert in seiner ehrlichen Haltung. Ich habe mich nicht beherrschen können und dem Verlag zur Weiterleitung an den Verfasser einen Brief geschrieben, Ich schrieb nur die eine Zeile: »Ich danke Ihnen und drücke Ihnen fest die ehrliche Hand!«

Pëtr Michajlyč wollte sagen: »Misch du dich nicht in Dinge, von denen du nichts verstehst!« – schwieg aber.

Vlasič ging am rechten, Zina am linken Zügel; beide schienen vergessen zu haben, daß sie zurück nach Hause mußten, denn es war feucht und nicht mehr weit bis zu Koltovičs Gehölz. Pëtr Michajlyč spürte, daß sie auf etwas von ihm warteten, auch wenn sie selbst nicht wußten was, und sie taten ihm plötzlich unsäglich leid. Jetzt, da sie, mit ergebener Miene und in Gedanken versunken, neben dem Pferd einhergingen, war er zutiefst davon überzeugt, daß sie nicht glücklich seien und nie glücklich werden könnten, und ihre Liebe erschien ihm als ein betrüblicher, nie wiedergutzumachender Irrtum. Das Bedauern und das Bewußtsein, daß er ihnen mit nichts würde helfen können, versetzten ihn in den Zustand jener seelischen Ermattung, in dem er, nur um das lastende Gefühl des Mitleids loszuwerden, zu jedem Opfer bereit war.

– Ich komme euch wieder besuchen und bleibe auch über Nacht, – sagte er.

Doch das klang wie ein Zugeständnis und befriedigte ihn nicht. Als sie an Koltovičs Gehölz anhielten, um sich zu verabschieden, beugte er sich zu Zina hinab, berührte sie leicht an der Schulter und sagte:

– Zina, du hattest recht. Du hast gut gehandelt!

Und um nicht noch mehr zu sagen und nicht loszuweinen, schlug er auf das Pferd ein und sprengte auf das Gehölz zu. Als er in die Dunkelheit hineinritt, drehte er sich um und sah, wie Vlasič und Zina über die Straße nach Hause gingen – er mit weit ausgreifenden Schritten, sie neben ihm, eilig hüpfend –, und sie unterhielten sich lebhaft.

»Ich bin ein altes Weib –, dachte Pëtr Michajlyč, – Reite los, um eine Frage zu lösen, und verwickle sie nur um so mehr. Gott hab sie selig!«

Ihm war schwer zumute. Als das Gehölz hinter ihm lag,

ritt er Schritt, am Teich hielt er das Pferd an. Er wollte reglos dasitzen und nachdenken. Der Mond ging auf und spiegelte sich vom anderen Ufer als roter Pfosten im Teich. Irgendwo grummelte der Donner. Pëtr Michajlyč starrte aufs Wasser und stellte sich die Verzweiflung seiner Schwester vor, ihre leidende Blässe und ihre tränenlosen Augen, mit denen sie den anderen ihre Erniedrigung verbergen würde. Er stellte sich ihre Schwangerschaft vor, den Tod der Mutter, ihre Beerdigung, Zinas Entsetzen ... Die stolze, abergläubische alte Frau würde nicht anders als im Tode enden. Schreckliche Zukunftsbilder malten sich vor seinen Augen auf die dunklen glatten Wasser, und umgeben von bleichen Frauengestalten sah er sich selbst, kleinmütig, schwach, mit schuldbewußtem Gesicht ...

Hundert Schritte weiter am rechten Ufer des Teiches stand reglos etwas Schwarzes: ein Mensch oder ein hoher Baumstumpf? Pëtr Michajlyč mußte an den Seminaristen denken, den man erschlagen und in den Teich geworfen hatte.

»Olivier hat unmenschlich gehandelt, aber so oder so, er hat die Frage gelöst, ich dagegen habe nichts gelöst, sondern alles nur weiter verwirrt, – dachte er, auf die dunkle Gestalt starrend, die aussah wie ein Gespenst. – Er hat gesagt und getan, was er dachte, ich dagegen tue das nicht; ich weiß nicht einmal, was ich eigentlich denke ...«

Er ritt zu der schwarzen Gestalt: es war ein alter morscher Pfosten, stehengeblieben von irgendeinem alten Gebäude.

Aus dem Gehölz und von Koltovičs Gut roch es nach Maiglöckchen und Honiggras. Pëtr Michajlyč ritt am Ufer des

Teiches entlang und starrte betrübt auf das Wasser, und während er sich das eigene Leben ins Gedächtnis rief, war er auf einmal überzeugt, daß er bis heute nie gesagt und getan habe, was er dachte, und daß ihm die anderen mit gleicher Münze zurückgezahlt hätten, und deshalb stellte sich ihm das ganze Leben ebenso dunkel dar wie dieses Wasser, in dem sich der Nachthimmel spiegelte und Wasserpflanzen ineinanderschlangen. Und ihm schien, als sei dies nie wiedergutzumachen.

1892

ANGST

Erzählung meines Freundes

Dmitrij Petrovič Silin hatte in Petersburg studiert und dort gedient, doch mit 30 Jahren hatte er den Dienst quittiert, um Landwirtschaft zu betreiben. Die Landwirtschaft ging ihm nicht schlecht von der Hand, dennoch schien mir, er stünde nicht am rechten Platz und hätte besser daran getan, nach Petersburg zurückzukehren. Wenn er, braungebrannt, grau vom Staub, erschöpft von der Arbeit, mich am Tor oder an der Freitreppe begrüßte und dann beim Abendessen gegen die Schläfrigkeit ankämpfte, und seine Frau ihn wie ein Kind zu Bett brachte, oder wenn er, die Schläfrigkeit niederringend, begann, mit seiner weichen, seelenvollen, gleichsam flehentlichen Stimme seine guten Gedanken darzulegen, dann sah ich in ihm keinen Landwirt, keinen Agronomen, sondern nur einen sehr erschöpften Menschen, und mir war klar, daß er keinerlei Landwirtschaft brauchte; was er nötig hatte, war, daß der Tag vorüber war – und Gott seis gedankt.

Ich besuchte ihn gern, und oft kam es vor, daß ich zwei oder drei Tage auf seinem Gut zu Gast war. Ich liebte sein Haus, den Park, den großen Obstgarten, das Flüßchen, auch seine etwas träge und hochtrabende, aber klare Philosophie. Wahrscheinlich liebte ich auch ihn selbst, obwohl ich das mit Sicherheit nicht sagen kann, denn ich kann mir bis heute über meine damaligen Gefühle nicht klarwerden. Er war ein kluger, guter, nicht langweiliger und aufrichtiger Mensch, doch ich erinnere mich sehr genau, daß es mich, wenn er mir seine verborgenen Geheimnisse anvertraute und unser Verhältnis Freundschaft nannte, jedesmal unangenehm, geradezu peinlich berührte. In seiner Freundschaft zu mir lag etwas Beschwerliches, Belastendes, ich hätte ihr eine gewöhnliche gute Bekanntschaft gern vorgezogen.

Es war nämlich so, daß mir seine Frau, Marija Sergeevna, außerordentlich gut gefiel. In sie verliebt war ich nicht, aber mir gefielen ihr Gesicht, ihre Augen, ihre Stimme, ihr Gang; ich sehnte mich nach ihr, wenn ich sie lange nicht gesehen hatte, und meine Phantasie malte sich damals niemanden so gern aus wie diese junge, schöne und elegante Frau. Ich hatte ihr gegenüber keinerlei bestimmte Absichten und träumte von nichts, aber aus irgendeinem Grunde mußte ich immer, wenn wir beide allein waren, daran denken, daß ihr Mann mich seinen Freund nannte, und dann wurde es mir peinlich. Wenn sie auf dem Flügel meine Lieblingsstücke spielte oder mir etwas Interessantes erzählte, hörte ich mit Vergnügen zu, wurde aber aus irgendeinem Grunde nie den Gedanken los, daß sie ihren Mann liebe, daß er mein Freund sei und daß auch sie mich für seinen Freund halte, meine Laune war dann verdorben, und ich wurde schlaff, linkisch und langweilig. Sie bemerkte diese Veränderung und sagte gewöhnlich

– Sie langweilen sich ohne Ihren Freund. Ich schicke jemanden zu ihm aufs Feld.

Und wenn Dmitrij Petrovič kam, sagte sie immer:

– So, jetzt ist Ihr Freund gekommen. Freuen Sie sich. So ging das anderthalb Jahre.

Einmal an einem Sonntag im Juli fuhren Dmitrij Petrovič und ich aus Langeweile ins Großdorf Klušno, um dort Vorspeisen für das Abendbrot einzukaufen. Während wir die Läden durchstreiften, ging die Sonne unter und der Abend brach an, jener Abend, den ich wahrscheinlich nie im Leben vergessen werde. Nachdem wir Käse gekauft hatten, der aussah wie ein Stück Seife, sowie eine steinharte Wurst, die nach Teer roch, begaben wir uns in die Schenke, um dort nach Bier zu fragen. Unser Kutscher war zum Schmied gefahren, um die Pferde beschlagen zu lassen, und wir hatten ihm gesagt, wir würden an der Kirche auf ihn warten. Wir gingen auf und ab, sprachen, lachten über unsere Einkäufe, und uns folgte schweigend, mit geheimnisvoller Miene, wie ein Spitzel, ein Mann, der bei uns im Landkreis einen ziemlich merkwürdigen Spitznamen trug: Vierzig Märtyrer. Vierzig Märtyrer war kein anderer als Gavrila Severov, oder einfach Gavrjuška, der kurze Zeit bei mir als Lakai gedient und den ich wegen Trunksucht entlassen hatte. Er hatte auch bei Dmitrij Petrovič gedient und war auch von ihm entlassen worden, derselben Sünde wegen. Er war ein wüster Trinker, sein ganzes Schicksal war von Schnaps gesättigt und ebenso verlottert wie er selbst. Sein Vater war Priester, die Mutter Adelige, er gehörte also durch Geburt zum privilegierten Stand, doch sooft ich mir sein ausgezehrtes, ehrerbietiges, ständig schwitzendes Gesicht ansah, seinen roten, bereits grau durchsetzten Bart, sein armseliges, zerfetztes Jackett und das rote, über den Gürtel hängende Russenhemd – ich konnte nie auch nur eine Spur von dem entdecken, was in unserem Gemeinwesen privilegiert genannt wird. Er nannte sich einen Gebildeten und erzählte, er habe das Priesterseminar besucht, das Studium aber nicht abgeschlossen, weil er wegen

Tabakrauchens rausgeflogen sei; danach habe er im bischöflichen Chor gesungen und zwei Jahre im Kloster gelebt, aus dem er ebenfalls rausgeflogen sei, dort jedoch nicht wegen Rauchens, sondern wegen »Schwäche«. Er hatte zwei Gouvernements durchwandert, beim Konsistorium und verschiedenen Behörden Bittgesuche eingereicht, viermal vor Gericht gestanden. Schließlich, in unserem Landkreis hängengeblieben, verdingte er sich als Lakai, Forstgehilfe, Hundepfleger, Kirchenaufseher, heiratete eine verwitwete Köchin, die ebenfalls trank, und versackte endgültig im Knechtsleben und verwuchs mit dessen Schmutz und Gezänk, so daß er schon selbst von seiner privilegierten Abstammung mit gewissen Zweifeln sprach, wie von einem Mythos. Zur hier beschriebenen Zeit lungerte er stellungslos herum, gab sich als Pferdedoktor und als Jäger aus, seine Frau war spurlos verschwunden.

Von der Schenke gingen wir zur Kirche und setzten uns, in Erwartung des Kutschers, in den Vorhof. Vierzig Märtyrer stand ein wenig weiter weg und hielt die Hand am Mund, um ehrerbietig in sie hineinzuhusten, falls es erforderlich würde. Es war bereits dunkel; stark roch es nach abendlicher Feuchtigkeit, und der Mond war im Begriff aufzugehen. Am sternenklaren Himmel standen nur zwei Wolken, unmittelbar über uns: die eine groß, die andere kleiner; sie zogen einsam, wie Mutter und Kind, nacheinander dorthin, wo das Abendrot herunterbrannte.

– Ein herrlicher Tag war heute, – sagte Dmitrij Petrovič.

– Bis zur Außergewöhnlichkeit … – pflichtete Vierzig Märtyrer bei und hustete ehrerbietig in die Hand. – Aber wie konnten Sie, Dmitrij Petrovič, geruhen, die Idee zu haben, heute hierher zu kommen? – fragte er mit einschmeichelnder Stimme, sichtlich bemüht, ein Gespräch anzuknüpfen.

Dmitrij Petrovič antwortete nicht. Vierzig Märtyrer seufzte tief und sagte leise, ohne uns anzusehen:

– Ich leide aus einem einzigen Grund, den ich vor dem Allmächtigen verantworten muß. Schon wahr, natürlich, ich bin ein verlorener Mensch, bin unfähig, aber glauben Sie mir, ehrlich: ohne ein Stück Brot lebt sichs schlechter wie ein Hund ... Vergeben Sie mir, Dmitrij Petrovič!

Silin hörte nicht zu und dachte, den Kopf in die Fäuste gestützt, über etwas nach. Die Kirche stand am Ende der Straße, auf dem Steilufer, und durch das Gitter der Einfriedung sah man den Fluß, die Auen am anderen Ufer und das grelle, hellrote Licht eines Lagerfeuers, um das sich schwarze Menschen und schwarze Pferde bewegten. Und weiter hinten, jenseits des Feuers, noch einige Lichter: ein Dörfchen ... Dort sang man ein Lied.

Über dem Fluß und stellenweise über den Auen stieg Nebel auf. Hohe, schlanke Nebelschwaden, dicht und weiß wie Milch, zogen über den Fluß, legten sich über die Spiegelbilder der Sterne und verhakten sich in den Weiden. Jeden Augenblick änderten sie ihre Gestalt, und es sah aus, als würden sich die einen umarmen, die anderen sich verbeugen, wieder andere erhoben die Arme in weiten Popenärmeln zum Himmel, wie um zu beten ... Wahrscheinlich waren sie es, die Dmitrij Petrovič auf den Gedanken an Geister und Verstorbene gebracht hatten, denn er wandte mir das Gesicht zu und fragte, traurig lächelnd:

– Sagen Sie mir, mein Lieber, woher kommt es, daß wir,

wenn wir etwas Angsterregendes, Geheimnisvolles und Phantastisches erzählen wollen, den Stoff nicht aus dem Leben nehmen, sondern unbedingt aus der Welt der Geister und der Grabesschatten?

– Angst macht, was unbegreiflich ist.

– Begreifen Sie etwa das Leben? Sagen Sie: begreifen Sie das Leben etwa besser als das Jenseits?

Dmitrij Petrovič rückte ganz nah zu mir heran, so daß ich seinen Atem auf der Wange spürte. In der Abenddämmerung erschien sein bleiches, hageres Gesicht noch bleicher, sein dunkler Bart – schwärzer als Ruß. Seine Augen waren traurig, aufrichtig und ein wenig erschrocken. Er schaute mir in die Augen und fuhr mit seiner gewohnt flehentlichen Stimme fort:

– Unser Leben und das Jenseits sind im gleichen Maße unbegreiflich und erregen Angst. Wer Angst vor Gespenstern hat, der muß auch vor mir Angst haben, vor diesen Lichtern, vor dem Himmel, denn wenn man es sich genau überlegt, ist das alles nicht weniger unfaßlich und phantastisch als die Boten aus dem Jenseits. Prinz Hamlet hat sich nicht umgebracht, denn er hatte Angst vor den Visionen, die ihn womöglich in seinem Todesschlaf heimgesucht hätten; sein berühmter Monolog gefällt mir, hat mich aber, offen gestanden, nie wirklich berührt. Ich gestehe Ihnen, als meinem Freund, ich habe mir manches Mal in bangen Minuten meine Todesstunde ausgemalt, mir Tausende der düstersten Visionen vorgestellt, und immer ist es mir gelungen, mich in eine qualvolle Exaltation zu versetzen, in Alpträume, und das, versichere ich Sie, hat mir nicht solche Angst gemacht wie die Wirklichkeit. Wie soll ich es sagen, Visionen machen Angst, aber auch das Leben macht Angst. Ich, mein Lieber, begreife das Leben nicht und habe Angst vor ihm. Ich weiß nicht, vielleicht bin ich ein kranker, verwirrter Mensch. Dem normalen, gesunden Menschen scheint, er begreife alles, was er sieht und hört, ich dagegen habe dieses »scheint« verloren und vergifte mich tagein tagaus mit Angst. Es gibt eine Krankheit – die Platzangst, genauso kranke ich an Lebensangst. Wenn ich im Gras liege und lange einen Käfer beobachte, der gestern erst geboren worden ist und nichts begreift, dann scheint mir, sein Leben müsse das bare Entsetzen sein, und in ihm sehe ich mich selbst.

– Was macht Ihnen eigentlich Angst? – fragte ich.

– Alles macht mir Angst. Ich bin von Natur aus nicht tiefgründig und habe wenig Interesse an Fragen wie dem Jenseits, dem Schicksal der Menschheit, und wage mich selten in himmlische Höhen. Angst macht mir hauptsächlich das Alltagsleben, vor dem sich niemand von uns verstecken kann. Ich bin unfähig zu unterscheiden, was an meinen Handlungen wahr ist und was Lüge, also machen sie mir Sorge; ich erkenne, daß Lebensumstände und Erziehung mich in einen engen Kreis der Lüge eingesperrt haben, daß mein Leben nichts anderes ist als die tägliche Sorge, mich selbst und andere zu betrügen und das nicht zu bemerken, und mich ängstigt der Gedanke, ich könnte bis zu meinem Tode aus dieser Lüge nicht herausfinden. Heute tue ich etwas, und morgen schon begreife ich nicht mehr, wozu ich es getan habe. In Petersburg trat ich den Dienst an und bin erschrocken, ich kam hierher, um Landwirtschaft zu betreiben, und bin ebenfalls erschrocken ... Ich sehe, daß wir zu wenig wissen und deshalb jeden Tag Fehler begehen, ungerecht sind, verleumden, fremdes Leben zerstören, all unsere Kräfte für Unsinn verausgaben, der unnötig ist und uns am Leben hindert, und das macht mir Angst, denn ich begreife nicht, wozu und für wen das alles nötig ist. Ich, mein Lieber, begreife die Menschen nicht und habe vor ihnen Angst. Ich habe Angst, die Bauern anzusehen, ich weiß nicht, für welche höheren Ziele sie leiden und wofür sie leben. Wenn das Leben Genuß bedeutet, dann sind sie überflüssige, nutzlose Menschen; wenn jedoch Sinn und Ziel des Lebens die Not ist, die ausweglose, hoffnungslose Unwissenheit, dann begreife ich nicht, für wen und wozu diese Inquisition nötig ist. Niemanden, nichts begreife ich. Versuchen Sie doch mal, dieses Individuum da zu begreifen! – sagte Dmitrij Petrovič und zeigte auf Vierzig Märtyrer. – Versetzen Sie sich in seine Lage!

Da er bemerkte, daß wir beide zu ihm hinschauten, hustete Vierzig Märtyrer ehrerbietig in die Faust und sagte-Guten Herrschaften war ich auf immer ein treuer Diener, der Hauptgrund sind nur die harten Getränke. Wenn Sie mir Unglücklichem heute Betracht schenken und mir eine Stelle geben wollten, ich würde die Ikone küssen. Ich halte mein Wort!

Der Kirchendiener kam vorbei, schaute uns fragend an und begann das Seil zu ziehen. Langsam und gedehnt, jäh die abendliche Stille brechend, schlug die Glocke zehn.

– Es ist ja schon zehn Uhr! – sagte Dmitrij Petrovič. – Zeit zu fahren. Ja, mein Lieber, – seufzte er, – wenn Sie wüßten, welche Angst mir meine gewöhnlichen Alltagsgedanken machen, die doch, wie mir scheint, nichts Angsterregendes haben sollten. Um nicht zu denken, stürze ich mich in die Arbeit, arbeite vorsätzlich bis zur Erschöpfung, nur um nachts einen festen Schlaf zu haben. Kinder, Ehefrau – für andere etwas Normales, doch mich bedrückt das alles!

Er rieb sich das Gesicht, räusperte sich und lachte.

– Wenn ich Ihnen erzählen könnte, wie dumm ich mich angestellt habe im Leben! – sagte er. – Jeder sagt mir: Sie haben eine nette Frau, haben reizende Kinder und sind selbst ein wunderbarer Familienvater. Denkt, ich sei der Glücklichste unter der Sonne, und beneidet mich. Aber wenn wir schon dabei sind, dann sage ich Ihnen im Vertrauen: mein glückliches Familienleben ist ein einziges trauriges Mißverständnis, das mir Angst macht.

Sein bleiches Gesicht wurde häßlich durch ein angestrengtes Lächeln. Er faßte mich um die Taille und fuhr halblaut fort:

– Sie sind mein aufrichtiger Freund, ich vertraue Ihnen und achte Sie sehr. Freundschaft schickt uns der Himmel, damit wir uns aussprechen und retten können vor den Geheimnissen, die uns bedrücken. Erlauben Sie mir, Ihre freundschaftliche Zuneigung mir gegenüber auszunutzen und Ihnen die ganze Wahrheit zu sagen. Mein Familienleben, das Ihnen so entzückend erscheint, ist mein größtes Unglück und meine größte Angst. Ich habe seltsam und dumm geheiratet. Gesagt werden muß, daß ich Maša vor der Hochzeit wahnsinnig geliebt und zwei Jahre lang umworben habe. Fünfmal habe ich ihr einen Antrag gemacht, und sie lehnte ab, denn sie war mir gegenüber völlig gleichgültig. Beim sechsten Mal, als ich, in Liebe entbrannt, vor ihr auf den Knien herumkroch und um ihre Hand bettelte wie um ein Almosen, willigte sie ein … So hat sie zu mir gesagt: »Ich liebe Sie nicht, aber ich werde Ihnen treu sein …« Diese Bedingung nahm ich begeistert an. Damals begriff ich, was das bedeutet, doch heute, ich schwöre bei Gott, begreife ich es nicht. »Ich liebe Sie nicht, aber ich werde Ihnen treu sein« – was bedeutet das? Nebel, Dunkelheit … Ich liebe sie heute noch so sehr wie am Tag nach der Hochzeit, sie dagegen, scheint mir, ist nach wie vor gleichgültig und wahrscheinlich sogar froh, wenn ich aus dem Hause bin. Ich weiß nicht mit Sicherheit, ob sie mich liebt oder nicht, ich weiß und weiß es nicht, dabei leben wir doch unter einem Dach, sagen *du* zueinander, schlafen gemeinsam, haben Kinder, der Besitz gehört uns beiden … Was also bedeutet das? Wozu das? Begreifen Sie irgend etwas, mein Lieber? Das ist grausame Folter! Und weil ich von unserem Verhältnis nichts begreife, hasse ich mal sie, mal mich selbst, mal uns beide, alles in meinem Kopf ist verworren, ich quäle mich und stumpfe ab, und sie, wie zum Trotz, wird mit jedem Tage schöner und bewunderungswürdiger … Ich finde, sie hat wundervolles Haar, sie lächelt wie keine andere Frau. Ich liebe sie und weiß, es ist hoffnungslos. Hoffnungslose Liebe zu einer Frau, von der du schon zwei Kinder hast! Ist das zu begreifen und macht das nicht Angst? Mehr Angst als jedes Gespenst?

Er befand sich in einer Stimmung, in der er noch sehr lange weitergesprochen hätte, doch zum Glück war die Stimme des Kutschers zu hören. Unsere Pferde kamen. Wir setzten uns in die Kutsche, und Vierzig Märtyrer, die Mütze gezogen, half uns beim Einsteigen, und das mit einer Miene, als hätte er seit langem auf die Gelegenheit gewartet, unsere werten Körper zu berühren.

– Dmitrij Petrovič, erlauben Sie mir, zu Ihnen zu kommen, – sagte er, heftig blinzelnd und den Kopf zur Seite geneigt. – Erweisen Sie mir Gottes Gnade! Ich sterbe vor Hunger!

– Also gut, – sagte Silin. – Komm, du kannst drei Tage bleiben, dann sehen wir weiter.

– Zu Befehl! – freute sich Vierzig Märtyrer. – Ich komme noch heute.

Bis zum Haus waren es sechs Verst. Dmitrij Petrovič, froh darüber, dem Freunde endlich das Herz ausgeschüttet zu haben, hielt mich die ganze Strecke über um die Taille gefaßt und sprach, nunmehr ohne Bitterkeit und ohne Angst, sondern heiter davon, wie er, wenn in seiner Familie alles geregelt wäre, nach Petersburg zurückkehren würde, um dort wissenschaftlich zu arbeiten. Der Wirbelsturm, sagte er, der so viele begabte junge Menschen aufs Land getrieben hätte, sei ein trauriger Sturm. Roggen und Weizen hätten wir in Rußland mehr als genug, kultivierte Menschen hingegen gar keine. Die begabte, gesunde Jugend müsse sich mit Wissenschaften, Künsten und Politik beschäftigen; anders zu handeln sei kurzsichtig. Er philosophierte mit Vergnügen und äußerte sein Bedauern darüber, daß wir uns morgen früh verabschieden würden, denn er müsse zur Holzauktion fahren.

Mir dagegen war unheimlich und traurig zumute, denn mir schien, als hätte ich einen Menschen betrogen. Gleichzeitig aber war es angenehm. Ich schaute auf den riesigen, hellroten Mond, der aufging, und stellte mir die große, schlanke, blonde Frau vor, die, bleich im Gesicht, stets elegant gekleidet, nach einem besonderen, moschusartigen

Parfüm duftete, und irgendwie stimmte mich der Gedanke heiter, daß sie ihren Mann nicht liebe.

Zu Hause angekommen, setzten wir uns zum Abendbrot. Marija Sergeevna trug lachend unsere Einkäufe auf, und ich fand, daß sie tatsächlich wundervolles Haar hatte und daß sie lächelte wie keine andere Frau. Ich beobachtete sie und wollte in jeder ihrer Bewegungen, jedem ihrer Blicke sehen, daß sie ihren Mann nicht liebe, und mir schien, als sehe ich es.

Dmitrij Petrovič begann bald, gegen die Schläfrigkeit anzukämpfen. Nach dem Abendbrot saß er noch zehn Minuten bei uns, dann sagte er:

– Wie ihr wollt, Herrschaften, aber ich muß morgen um drei Uhr aufstehen. Erlaubt, daß ich euch alleinlasse.

Zärtlich küßte er seine Frau, drückte mir kräftig, voll Dankbarkeit die Hand und nahm mir das Versprechen ab, nächste Woche unbedingt wiederzukommen. Um morgen nicht zu verschlafen, ging er zum Übernachten ins Nebengebäude.

Marija Sergeevna, als Petersburgerin, ging spät schlafen, und heute war ich darüber aus irgendeinem Grunde froh.

– Also? – begann ich, als wir allein waren. – Also seien Sie so gut, spielen Sie etwas.

Mir war nicht nach Musik, aber ich wußte nicht, wie ich das Gespräch beginnen sollte. Sie setzte sich an den Flügel und spielte, ich weiß nicht mehr was. Ich saß neben ihr, schaute auf ihre weißen, weichen Hände und versuchte, etwas in ihrem kalten, gleichgültigen Gesicht zu lesen. Doch da lächelte sie über etwas und blickte mich an.

– Sie langweilen sich ohne Ihren Freund, – sagte sie.

Ich mußte lachen.

– Der Freundschaft zuliebe würde es reichen, einmal im Monat zu kommen, und ich bin hier öfter als einmal in der Woche.

Mit diesen Worten stand ich auf und ging erregt von einer Ecke in die andere. Sie stand ebenfalls auf und trat an den Kamin.

– Was wollen Sie damit sagen? – fragte sie und hob ihre großen, klaren Augen auf mich.

Ich antwortete nicht.

– Sie haben die Unwahrheit gesagt, – fuhr sie nach einer kurzen Pause fort. – Sie kommen nur Dmitrij Petrovič zuliebe. Und das freut mich auch sehr. In unseren Zeiten erlebt kaum noch jemand so eine Freundschaft.

»Aha!« – dachte ich, und fragte, weil ich nicht wußte, was ich sagen sollte: – Wollen Sie ein Stück spazierengehen?

– Nein.

Ich trat auf die Terrasse hinaus. Ameisen liefen mir den Rücken hinunter, und mir war vor Aufregung kalt. Schon war ich davon überzeugt, daß unser Gespräch belanglos bleiben und daß wir einander nichts Besonderes zu sagen haben würden, daß aber unbedingt in dieser Nacht geschehen müßte, wovon ich nicht einmal zu träumen gewagt hatte. In dieser Nacht, oder nie.

– Was für ein schönes Wetter! – sagte ich laut.

– Das ist mir entschieden egal, – war als Antwort zu hören.

Ich ging in den Salon zurück. Marija Sergeevna stand

noch immer am Kamin, die Arme auf dem Rücken verschränkt, und schaute nachdenklich zur Seite.

– Warum ist Ihnen das entschieden egal? – fragte ich.

– Weil ich mich langweile. Sie langweilen sich nur ohne Ihren Freund. Ich langweile mich ständig. Aber ... das interessiert Sie ja nicht.

Ich setzte mich an den Flügel und griff einige Akkorde, in der Hoffnung, daß sie es sagen würde.

– Bitte machen Sie bloß keine Umstände, – sagte sie und blickte mich voll Zorn an, so als wolle sie vor Ärger gleich losweinen. – Wenn Sie schlafen möchten, dann gehen Sie. Denken Sie ja nicht, als Freund von Dmitrij Petrovič seien Sie verpflichtet, sich mit seiner Ehefrau zu langweilen. Ich will kein Opfer. Bitte gehen Sie.

Ich ging natürlich nicht. Sie trat auf die Terrasse hinaus, ich blieb im Salon und blätterte fünf Minuten in den Noten. Dann trat auch ich hinaus. Wir standen nebeneinander im Schatten der Fenstervorhänge, uns zu Füßen die Stufen, vom Mondlicht übergossen. Über die Blumenbeete und den gelben Sand der Alleen dehnten sich schwarz die Schatten der Bäume.

– Auch ich muß morgen abreisen, – sagte ich.

– Natürlich, wenn der Mann nicht im Hause ist, können Sie nicht bleiben, – sagte sie spöttisch. – Ich kann mir vorstellen, wie unglücklich Sie wären, wenn Sie sich in mich verlieben würden! Aber warten Sie, irgendwann werfe ich mich Ihnen noch an den Hals ... Nur um zu sehen, mit welchem Schrecken Sie vor mir die Flucht ergreifen. Das wäre spannend.

Ihre Worte und ihr bleiches Gesicht waren zornig, ihre

Augen voll der zärtlichsten, der leidenschaftlichsten Liebe. Ich sah dieses schöne Wesen schon als mein Eigentum, da bemerkte ich zum ersten Mal, daß sie goldene Augenbrauen hatte, wunderschöne Augenbrauen, wie ich sie noch nie gesehen hatte. Der Gedanke, ich könnte sie jetzt gleich an mich ziehen, sie liebkosen, ihr wundervolles Haar berühren, erschien mir auf einmal so ungeheuerlich, daß ich lachen mußte und die Augen schloß.

– Aber es ist Zeit ... Geruhsame Nacht, – sagte sie.

– Ich will keine geruhsame Nacht ... – sagte ich lachend und folgte ihr in den Salon. – Ich verfluche diese Nacht, wenn sie geruhsam wird.

Als ich ihr die Hand drückte und sie zur Tür begleitete, sah ich ihrem Gesicht an, daß sie mich verstanden hatte und froh war, daß auch ich sie verstand.

Ich ging zu mir aufs Zimmer. Auf meinem Tisch, neben den Büchern, lag die Mütze von Dmitrij Petrovič, und sie erinnerte mich an seine Freundschaft. Ich nahm meinen Stock und ging in den Garten. Hier hob sich bereits der Nebel, und um die Bäume und Sträucher wogten, sie umarmend, dieselben hohen und schlanken Gespenster, die ich vorhin am Fluß gesehen hatte. Wie schade, daß ich nicht mit ihnen sprechen konnte!

In der ungewöhnlich durchsichtigen Luft trat deutlich jedes Blättchen, jeder Tautropfen hervor – alles lächelte mir in der Stille schlaftrunken zu, und als ich an den grünen Bänken vorbeikam, erinnerte ich mich an einen Satz aus einem Stück von Shakespeare: Wie süß schläft der Mondschein auf der Bank allhier!

Im Garten gab es eine kleine Anhöhe. Ich stieg sie hinauf

und setzte mich. Es war ein zauberhaftes Gefühl. Ich wußte mit Sicherheit, daß ich sie gleich umarmen, mich an ihren herrlichen Körper schmiegen, ihre goldenen Augenbrauen küssen würde, ich wollte es nicht glauben, wollte mich selbst zum besten halten, und leid tat mir nur, daß sie mich so wenig gequält und sich so schnell ergeben hatte.

Doch da hörte ich plötzlich schwere Schritte. Auf der Allee erschien ein Mann von mittlerem Wuchs, und ich erkannte in ihm sofort – Vierzig Märtyrer. Er setzte sich auf eine Bank und seufzte tief, schlug dann dreimal das Kreuz und legte sich hin. Eine Minute später stand er auf und legte sich auf die andere Seite. Die Mücken und die nächtliche Feuchtigkeit störten ihn beim Einschlafen.

– So ein Leben! – sagte er. – Unglückliches, bitteres Leben!

Als ich seinen ausgezehrten, gekrümmten Körper sah, die schweren, röchelnden Seufzer hörte, mußte ich an ein weiteres unglückliches, bitteres Leben denken, das mir heute gebeichtet worden war, und mir wurde angst und bange ob meiner Glückseligkeit. Ich stieg die Anhöhe hinab und ging zum Haus.

»Das Leben macht, seiner Ansicht nach, Angst, – dachte ich, – dann mach keine langen Umstände, brich es und nimm dir, ehe es dich erdrückt, alles, was du ihm entreißen kannst.«

Auf der Terrasse stand Marija Sergeevna. Ich umarmte sie schweigend und küßte gierig ihre Augenbrauen, Schläfen, ihren Hals ...

In meinem Zimmer sagte sie mir, sie liebe mich schon seit langem, seit über einem Jahr. Sie schwor mir Liebe, weinte, flehte mich an, sie zu mir zu nehmen. Ich führte sie ein ums andere Mal ans Fenster, um ihr Gesicht im Mondlicht zu sehen, sie schien mir wie ein schöner Traum, und hastig umarmte ich sie fest, um sicher zu gehen, daß er Wirklichkeit war. Seit langem hatte ich keine solche Wonne erlebt ... Und dennoch verspürte ich weit unten, in der Tiefe der Seele, ein Unbehagen, und mir war nicht wohl. In ihrer Liebe lag etwas Unangenehmes, Belastendes, wie in der Freundschaft von Dmitrij Petrovič. Es war die große, ernste Liebe mit Tränen und Schwüren, ich dagegen wollte nichts Ernstes – weder Tränen noch Schwüre noch Gespräche über die Zukunft. Sollte diese Mondnacht an unserem Leben vorüberfliegen wie ein Meteor – und basta.

Um Punkt drei Uhr ging sie von mir fort, und als ich, in der Tür stehend, ihr nachblickte, erschien auf einmal am Ende des Korridors Dmitrij Petrovič. Ihm entgegentretend, fuhr sie zusammen und gab ihm den Weg frei, und ihre ganze Gestalt beschrieb Abscheu. Er lächelte irgendwie merkwürdig, räusperte sich und trat zu mir ins Zimmer.

– Ich habe hier gestern meine Mütze vergessen ... – sagte er, ohne mich anzusehen.

Er fand die Mütze und setzte sie sich mit beiden Händen auf, dann schaute er in mein verlegenes Gesicht, auf die Pantoffeln an den Füßen und sagte nicht mit seiner, sondern einer merkwürdigen, heiseren Stimme:

– Es ist wahrscheinlich mein Schicksal, nie etwas zu begreifen. Wenn Sie etwas begreifen, dann ... gratuliere ich Ihnen. Mir ist dunkel vor den Augen.

Und er ging, sich räuspernd, hinaus. Dann sah ich am Fenster, wie er eigenhändig vor dem Pferdestall anspannte. Seine Hände zitterten, er war in Eile und wandte sich mehrmals zum Haus um; wahrscheinlich hatte er Angst. Dann stieg er in den Tarantas, und mit einem merkwürdigen Gesichtsausdruck, als habe er Angst, verfolgt zu werden, schlug er auf die Pferde ein.

Wenig später reiste auch ich ab. Die Sonne war bereits im Aufgehen begriffen, und der gestrige Nebel drückte sich schüchtern an die Sträucher und Anhöhen. Auf dem Kutschbock saß Vierzig Märtyrer, der sich schon irgendwo etwas zu trinken beschafft hatte, und redete betrunkenen Blödsinn.

– Ich bin ein freier Mensch! – rief er den Pferden zu. – He, ihr Süßen! Ich bin erblicher Ehrenbürger, wenn ihr es wissen wollt!

Die Angst Dmitrij Petrovičs, die mir nicht aus dem Kopf ging, war auch auf mich übergesprungen. Ich dachte an alles, was geschehen war, und begriff nichts. Ich schaute nach den Krähen, und mir war angst und bange, daß sie flogen.

– Warum habe ich das getan? – fragte ich mich, befremdet und verzweifelt. – Warum ist das nun ausgerechnet so gekommen und nicht anders? Für wen und wozu war es nötig, daß sie mich ernstlich liebt und daß er bei mir im Zimmer erscheint, um seine Mütze zu holen? Was hat die Mütze da verloren?

Noch am selben Tag reiste ich nach Petersburg ab und habe Dmitrij Petrovič und seine Frau nie wiedergesehen. Man erzählt, sie lebten immer noch zusammen.

1892

VOLODJA DER GROSSE UND VOLODJA DER KLEINE

– Lasst mich, ich will selber lenken! Ich setze mich zum Kutscher! – sagte Sofja Lvovna laut. – Kutscher, warte, ich komme zu dir auf den Bock.

Sie stand im Schlitten, ihr Ehemann Vladimir Nikityč und der Freund ihrer Kindheit Vladimir Michajlyč hielten sie an den Händen, damit sie nicht fiel. Die Trojka fuhr schnell.

– Ich sagte dir doch, man darf ihr keinen Cognac geben, – flüsterte Vladimir Nikityč seinem Gefährten ärgerlich zu. – Du bist mir einer, wirklich!

Der Oberst wußte aus Erfahrung, daß bei Frauen wie seiner Ehefrau Sofja Lvovna auf die stürmische, leicht angetrunkene Heiterkeit gewöhnlich hysterisches Gelächter folgte und dann Weinen. Er befürchtete, daß er sich jetzt, wenn sie nach Hause kämen, statt zu schlafen, mit Kompressen und Tropfen werde abgeben müssen.

– Brrr! – rief Sofja Lvovna. – Ich will lenken!

Sie war aufrichtig heiter und genoß ihren Triumph. Die letzten beiden Monate, seit dem Tage ihrer Hochzeit, hatte sie der Gedanke bedrückt, sie habe Oberst Jagič aus Berechnung geheiratet, wie man so sagt, par dépit; doch heute im Restaurant vor der Stadt hatte sie sich endlich davon überzeugt, daß sie ihn leidenschaftlich liebe. Trotz seiner vierundfünfzig Jahre war er so rank, so schlank und gewandt, scherzte und sang so nett mit den Zigeunerinnen. Wirklich, heutzutage sind die alten Männer tausendmal spannender als die jungen, es sieht so aus, als hätten Alter und Jugend die Rollen getauscht. Der Oberst ist zwei Jahre älter als ihr Vater, aber was kann dieser Umstand schon bedeuten, wenn er, offen gestanden, an Lebenskraft, an Mut und Frische so unermeßlich viel mehr hatte als sie, die sie erst dreiundzwanzig war?

»Oh, mein Liebster! – dachte sie. – Wunderbarer!«

Im Restaurant hatte sie sich auch davon überzeugt, daß von dem früheren Gefühl in ihrer Seele nicht einmal ein Funken mehr vorhanden war. Gegen den Freund ihrer Kindheit, Vladimir Michajlyč, oder einfach Volodja, den sie noch gestern bis zum Wahnsinn, bis zur Verzweiflung geliebt hatte, fühlte sie sich heute völlig gleichgültig. Den ganzen Abend heute war er ihr schlaff und verschlafen erschienen, uninteressant, unbedeutend, und die Kaltschnäuzigkeit, mit der er sich gewöhnlich um das Zahlen der Zeche drückte, hatte sie diesmal empört, es hatte sie Beherrschung gekostet, ihm nicht zu sagen: »Wenn Sie kein Geld haben, bleiben Sie lieber zu Hause.« Bezahlt hatte alles der Oberst.

Vielleicht, weil an ihren Augen Bäume, Telegraphenmasten und Schneewächten vorbeiflogen, kamen ihr die verschiedensten Dinge in den Sinn. Sie dachte: die Rechnung im Restaurant betrug einhundertundzwanzig, für die Zigeuner noch einmal einhundert, und morgen, wenn sie Lust dazu verspürte, könnte sie sogar tausend Rubel in den Wind werfen, vor zwei Monaten dagegen, vor ihrer Hochzeit hatte sie nicht einmal drei Rubel eigenes Geld und mußte sich wegen jeder noch so kleinen Kleinigkeit an ihren Vater wenden. Was für eine Veränderung im Leben!

Ihre Gedanken gingen durcheinander, und sie erinnerte

sich, wie Oberst Jagič, ihr jetziger Ehemann, als sie zehn Jahre alt war, ihrer Tante den Hof gemacht hatte und alle im Hause sagten, er habe ihr Leben ruiniert, und in der Tat kam die Tante oft mit verweinten Augen zum Essen und reiste ständig irgendwohin, und man sagte von ihr, die Ärmste fände keinen Platz für sich im Leben. Er war damals ein sehr schöner Mann und hatte außergewöhnlichen Erfolg bei den Frauen, sodaß die ganze Stadt ihn kannte und man von ihm erzählte, er führe jeden Tag zu seinen Verehrerinnen auf Visite wie ein Arzt zu seinen Patienten. Noch heute, trotz grauer Haare, Falten und der Brille, erscheint manchmal sein hageres Gesicht, besonders im Profil, sehr schön.

Sofja Lvovnas Vater war Militärarzt und hatte eine Zeitlang im selben Regiment wie Jagič gedient. Volodjas Vater war ebenfalls Militärarzt und hatte ebenfalls im selben Regiment gedient wie ihr Vater und Jagič. Trotz oft sehr komplizierter und unruhiger Liebesabenteuer war Volodja ein sehr guter Student gewesen; er hatte sein Studium mit großem Erfolg abgeschlossen und danach als Spezialgebiet ausländische Literatur gewählt und schreibt nun, wie man erzählt, an seiner Dissertation. Er lebt in der Kaserne, bei seinem Vater, dem Militärarzt, und hat kein eigenes Geld, obwohl er schon dreißig Jahre alt ist. Als Kinder lebten Sofja Lvovna und er in verschiedenen Wohnungen, aber unter demselben Dach, und er kam oft zum Spielen zu ihr, sie lernten gemeinsam Tanzen und Französisch; als er jedoch erwachsen und ein schlanker, schöner junger Mann geworden war, schämte sie sich vor ihm, dann verliebte sie sich in ihn bis zum Wahnsinn und liebte ihn bis zuletzt, bis

Jagič sie heiratete. Er hatte ebenfalls außergewöhnlichen Erfolg bei den Frauen, und die Damen, die ihre Ehemänner mit ihm betrogen, rechtfertigten sich damit, daß Volodja so klein war. Neulich hatte jemand von ihm erzählt, er habe als Student in einem Zimmer gewohnt, in Universitätsnähe, und jedesmal, wenn man bei ihm anklopfte, habe man hinter der Tür seine Schritte zu hören bekommen und dann, halblaut, die Entschuldigung: »Pardon, je ne suis pas seul.« Jagič war von ihm entzückt und hatte ihm fürs Weitere seinen Segen erteilt, wie Deržavin Puškin, er mochte ihn ganz offensichtlich. Beide spielten stundenlang schweigend Billard oder Piquet, und wenn Jagič mit der Trojka irgendwohin fuhr, nahm er Volodja mit, Jagič war auch der einzige, den Volodja in die Geheimnisse seiner Dissertation eingeweiht hatte. In der ersten Zeit, als der Oberst noch jünger war, waren beide oft als Rivalen aneinandergeraten, aber nie eifersüchtig aufeinander gewesen. In der Gesellschaft, in der sie gemeinsam auftraten, nannte man Jagič Volodja den Großen, seinen Freund hingegen Volodja den Kleinen.

In dem Schlitten saß, außer Volodja dem Großen, Volodja dem Kleinen und Sofja Lvovna, noch eine weitere Person – Margarita Aleksandrovna oder, wie man sie sonst nannte, Rita, die Cousine von Frau Jagič, eine Jungfer von über dreißig, sehr blaß, mit schwarzen Augenbrauen, Pincenez, Kettenraucherin selbst bei strengem Frost; ständig lag ihr die Asche auf der Brust, auf den Knien. Sie sprach durch die Nase, jedes einzelne Wort in die Länge ziehend, war kalt, konnte Cognac und Liqueur trinken, soviel sie wollte, ohne betrunken zu werden, und erzählte ständig zweideutige Witze, aber träge und geschmacklos. Zu Hause las sie von früh bis spät dicke Zeitschriften, um sie mit Asche zu bestreuen, oder aß gefrorene Äpfel.

– Sonja, hör auf zu toben, – sagte sie näselnd. – Wirklich, es ist geradezu töricht.

Im Angesicht des Stadttors fuhr die Trojka langsamer, Häuser und Menschen flogen vorbei, und Sofja Lvovna wurde ruhiger, schmiegte sich an ihren Mann und gab sich ganz ihren Gedanken hin. Volodja der Kleine saß ihr gegenüber. Jetzt mischten sich unter die heiteren, leichten Gedanken bereits finstere. Sie dachte: dieser Mensch, ihr gegenüber, wußte, daß sie ihn liebte, und hatte ihrem Gerede natürlich geglaubt, daß sie den Obersten par dépit geheiratet habe. Sie hatte ihm noch nie eine Liebeserklärung gemacht und wollte nicht, daß er es wußte, und so verbarg sie ihr Gefühl, seinem Gesicht jedoch war anzusehen, daß er sie sehr genau verstand – und ihre Eitelkeit war gekränkt. Das Erniedrigendste an ihrer Lage aber war, daß Volodja der Kleine ihr plötzlich, nach der Hochzeit, Beachtung schenkte, was früher nie der Fall gewesen war, daß er stundenlang bei ihr saß, schweigend oder über irgendwelche Kleinigkeiten schwatzend, oder jetzt im Schlitten, ohne sich mit ihr zu unterhalten, ihren Fuß berührte und ihr die Hand drückte; offenbar hatte er nur darauf gewartet, daß sie heiraten würde; und offenbar war auch, daß er sie verachtete und daß sie in ihm lediglich das Interesse der bewußten Art weckte, wie eine schlechte, unanständige Frau. Und als in ihrer Seele der Triumph und die Liebe zu ihrem Ehemann verschmolzen mit dem Gefühl der Erniedrigung und des gekränkten Stolzes, da überkam sie die

Aufsässigkeit, da wollte sie sich auf den Kutschbock setzen und schreien, pfeifen …

Genau zu dem Zeitpunkt, als sie am Nonnenkloster vorbeifuhren, erscholl der Schlag einer tausend Pud schweren Glocke. Rita bekreuzigte sich.

– In diesem Kloster ist unsere Olja, – sagte Sofja Lvovna, bekreuzigte sich ebenfalls und fuhr zusammen.

– Warum ist sie ins Kloster gegangen? – fragte der Oberst.

– Par dépit, – gab Rita zornig zur Antwort, offenbar in Anspielung auf Sofja Lvovnas Ehe mit Jagič. – Das par dépit ist heute in Mode. Die Herausforderung an alle Welt. Sie lachte gern, war furchtbar kokett, liebte nichts als Bälle und Kavaliere und plötzlich – seht her! Hat sie uns überrascht!

– Das stimmt nicht, – sagte Volodja der Kleine, schlug den Kragen seines Pelzmantels herab und zeigte sein schönes Gesicht. – Das war kein par dépit, sondern das blanke Entsetzen, wenn Sie so wollen. Man hat ihren Bruder, Dmitrij, zu Zwangsarbeit verurteilt, und niemand weiß heute, wo er ist. Ihre Mutter ist vor Kummer gestorben.

Er schlug den Kragen wieder hoch.

– Und Olja hat recht getan, – fügte er dumpf hinzu. – Ein Dasein als Pflegetochter, noch dazu mit einem Goldstück wie Sofja Lvovna an der Seite – das muß man sich schon überlegen!

Sofja Lvovna hörte den verächtlichen Ton in seiner Stimme und wollte ihm eine Frechheit erwidern, schwieg aber. Wieder überkam sie die Aufsässigkeit. Sie hob sich auf die Füße und rief mit weinerlicher Stimme:

– Ich will zur Frühmesse! Kutscher, zurück! Ich will Olja sehen!

Sie wendeten. Der Klang der Klosterglocke war voll und erinnerte, wie es Sofja Lvovna schien, durch irgendetwas an Oljas Leben. Geläutet wurde auch in den anderen Kirchen. Als der Kutscher die Trojka zum Stehen gebracht hatte, sprang Sofja Lvovna aus dem Schlitten und ging allein, ohne Begleitung, schnellen Schrittes auf das Tor zu.

– Bitte, beeil dich! – rief ihr der Ehemann nach. – Es ist schon spät!

Sie ging durch das dunkle Tor, dann die Allee entlang, die vom Tor zur Hauptkirche führte, und der Schnee knirschte unter ihren Füßen, der Glockenklang erscholl bereits direkt über ihrem Kopf und durchdrang, wie es schien, ihr ganzes Wesen. Da die Kirchentür, drei Stufen abwärts, dann die Vorhalle mit den Heiligenbildern auf beiden Seiten, es roch nach Wacholder und Weihrauch, wieder eine Tür, und ihr öffnet eine dunkle kleine Gestalt und verbeugt sich tief, tief ... Der Gottesdienst in der Kirche hatte noch nicht begonnen. Eine Nonne ging vor dem Ikonostas auf und ab und steckte die Kerzen auf den Ständern an, eine andere den Kronleuchter. Da und dort, in der Nähe der Säulen und Nebenaltäre, standen reglos schwarze Gestalten. »Wenn sie jetzt schon da stehen, stehen sie da bis zum Morgen«, – dachte Sofja Lvovna, und es schien ihr hier dunkel, kalt, langweilig – langweiliger als auf einem Friedhof. Gelangweilt schaute sie auf die reglosen, erstarrten Gestalten, und plötzlich krampfte sich ihr Herz zusammen. Aus irgendeinem Grunde erkannte sie in einer der Nonnen, einer kleinen, mit schmächtigen Schultern und schwarzem Kopftuch, Olja, obwohl Olja, als sie ins Kloster ging, kräftig und wohl auch größer gewesen war. Unschlüssig, in unerklärlich heftiger Erregung trat Sofja Lvovna auf die Novizin zu und blickte ihr über die Schulter ins Gesicht, und erkannte Olja.

– Olja! – sagte sie und klatschte in die Hände, und konnte vor Erregung nicht weitersprechen. – Olja!

Die Nonne erkannte sie sofort, hob erstaunt die Brauen, und ihr bleiches, frisch gewaschenes, reines Gesicht, sogar das weiße Tuch, das unter dem Kopftuch hervorschaute, schienen vor Freude zu strahlen.

– Der Herr hat ein Wunder vollbracht, – sagte sie und klatschte ebenfalls in ihre mageren, bleichen Händchen.

Sofja Lvovna umarmte sie fest und küßte sie, wobei sie befürchtete, sie könne nach Alkohol riechen.

– Wir sind eben hier vorbeigefahren und haben an dich gedacht, – sagte sie, schwer atmend wie von schnellem Gehen. – Herrgott, bist du blaß! Ich … ich freue mich sehr, dich zu sehen. Und, was ist? Wie geht es? Hast du Sehnsucht?

Sofja Lvovna wandte sich zu den anderen Nonnen um und fuhr nun mit leiser Stimme fort:

– Bei uns gibt es so viele Veränderungen … Du weißt, ich habe Jagič geheiratet, Vladimir Nikityč. Du erinnerst dich wahrscheinlich an ihn … Ich bin sehr glücklich mit ihm.

– Na, Gott sei Dank. Und geht es deinem Vater gut?

– Ja. Er denkt viel an dich. Olja, komm uns doch an den Feiertagen besuchen. Hörst du?

– Ich werde kommen, – sagte Olja und lächelte zwinkernd. – Am zweiten Feiertag.

Ohne zu wissen worüber, fing Sofja Lvovna an zu weinen und weinte einen Augenblick schweigend, dann wischte sie sich die Augen und sagte:

– Rita wird es sehr bedauern, dich nicht gesehen zu haben. Sie ist mit uns hier. Volodja auch. Sie halten am Tor. Sie würden sich so freuen, dich zu sehen! Gehen wir, die Messe hat ja noch nicht angefangen.

– Gehen wir, – willigte Olja ein.

Sie bekreuzigte sich dreimal und ging mit Sofja Lvovna dem Ausgang zu.

– Du sagst also, Sonečka, du seist glücklich? – fragte sie, als das Tor hinter ihnen lag.

– Ja, sehr.

– Na, Gott sei Dank.

Volodja der Große und Volodja der Kleine stiegen beim Anblick der Nonne aus dem Schlitten und begrüßten sie ehrerbietig; beide waren sichtlich gerührt von ihrem bleichen Gesicht und ihrem schwarzen Nonnengewand, und beiden war angenehm, daß sie sich ihrer erinnert hatte und gekommen war, sie zu begrüßen. Damit ihr nicht kalt wurde, hüllte Sofja Lvovna sie in ein Plaid und deckte eine Hälfte ihres Pelzmantels über sie. Die kurz zuvor vergossenen Tränen hatten ihre Seele erleichtert und aufgehellt, und sie war froh, daß diese geräuschvolle, unruhige und im Grunde unreine Nacht unverhofft ein so reines und sanftes Ende gefunden hatte. Um Olja noch länger um sich zu haben, schlug sie vor:

– Fahren wir spazieren. Olja, steig ein, nur ein Stückchen.

Die Männer erwarteten, die Nonne würde ablehnen –

Heilige fahren nicht mit der Trojka –, doch zu ihrer Verwunderung willigte sie ein und stieg in den Schlitten. Und als die Trojka aufs Stadttor zuraste, schwiegen alle und waren nur darum bemüht, daß sie es bequem und warm hatte, und jeder dachte daran, wie sie früher gewesen war und wie sie heute war. Ihr Gesicht war heute leidenschaftslos, beinahe ausdruckslos, kalt und bleich, durchsichtig, als flösse nicht Blut in ihren Adern, sondern Wasser. Vor zwei, drei Jahren noch war sie mollig und rotwangig gewesen, sprach von Heiratskandidaten, lachte über die geringste Kleinigkeit …

Am Stadttor kehrte die Trojka um; als sie zehn Minuten später vor dem Kloster anhielt, stieg Olja aus dem Schlitten. Jetzt läutete es auch schon vom Glockenturm.

– Gott beschütze euch, – sagte Olja und verbeugte sich tief, nach Nonnenart.

– Aber komm wirklich, Olja.

– Ich werde kommen, ich werde kommen.

Sie ging mit schnellen Schritten und war bald im dunklen Tor verschwunden. Danach, als die Trojka weiterfuhr, wurde allen aus irgendeinem Grunde sehr-sehr traurig zumute. Alle schwiegen. Sofja Lvovna fühlte sich im ganzen Körper schwach und wurde kleinlaut; daß sie die kleine Nonne gezwungen hatte, sich in den Schlitten zu setzen und, in betrunkener Gesellschaft, Trojka zu fahren, erschien ihr nun dumm, taktlos und einer Gotteslästerung nahe; wie ihr Rausch war auch ihr Wunsch verflogen, sich selbst zu betrügen, und nun war ihr klar, daß sie ihren Mann nicht liebte und nicht lieben konnte, daß alles ein Unsinn, eine Dummheit war. Sie hatte aus Berechnung geheiratet, weil er, nach dem Ausdruck ihrer Freundinnen im Institut, Geld hatte wie Heu, weil sie Angst hatte, als alte Jungfer sitzenzubleiben, wie Rita, weil ihr der Doktor, ihr Vater, zusetzte und weil sie Volodja dem Kleinen eins auswischen wollte. Hätte sie, als sie heiratete, ahnen können, daß das derart bedrückend, unheimlich und widerwärtig würde, für keinen Reichtum dieser Welt hätte sie in die Ehe eingewilligt. Doch jetzt war das Elend da und war nicht wiedergutzumachen. Sie mußte sich damit abfinden.

Sie kamen nach Hause. Als sie sich in ihr warmes weiches Bett legte und zudeckte, dachte sie an die dunkle Vorhalle der Kirche, den Weihrauchduft und die Gestalten an den Säulen, und ihr wurde unheimlich bei dem Gedanken, diese Gestalten könnten weiter reglos dastehen, während sie schlief. Die Frühmesse würde sehr lange dauern, dann die Stundengebete, dann der Mittagsgottesdienst, das Bittgebet ...

»Aber Gott gibt es doch, es gibt ihn wahrscheinlich, und ich muß unweigerlich sterben, das heißt, ich muß früher oder später an das Seelenheil denken, an das ewige Leben wie Olja. Olja ist gerettet, sie hat für sich alle Fragen gelöst ... Aber wenn es Gott nun nicht gibt? Dann ist ihr Leben verloren. Aber wieso verloren? Warum verloren?«

Eine Minute später kommt ihr wieder ein Gedanke:

»Gott gibt es, der Tod kommt unweigerlich, ich muß an das Seelenheil denken. Wenn Olja jetzt in dieser Minute ihrem Tod ins Auge sähe, dann hätte sie keine Angst. Sie ist bereit. Vor allem, sie hat für sich die Frage des Lebens gelöst. Gott gibt es ... ja ... Aber gibt es denn keinen anderen Ausweg als nur den, ins Kloster zu gehen? Ins

Kloster gehen heißt doch, dem Leben entsagen, es zerstören ...«

Sofja Lvovna bekam es ein bißchen mit der Angst; sie steckte den Kopf unter das Kopfkissen.

– Nur nicht darüber nachdenken, – flüsterte sie. – Nein ... Jagič ging im Zimmer nebenan über den Teppich, weich mit den Sporen klirrend, und dachte über etwas nach. Sofja Lvovna kam der Gedanke, daß dieser Mensch ihr nur in einem nahe und liebenswert sei: auch er hieß Vladimir. Sie setzte sich im Bett auf und rief zärtlich:

– Volodja?

– Was willst du? – antwortete der Ehemann.

– Nichts.

Sie legte sich wieder hin. Eine Glocke war zu hören, vielleicht die des Klosters, wieder dachte sie an die Vorhalle und die dunklen Gestalten, wieder irrten ihr Gedanken durch den Kopf, Gedanken an Gott und den unweigerlichen Tod, und sie deckte sich bis über den Kopf zu, um die Glocke nicht zu hören; sie stellte sich vor, daß sich das Leben, bevor das Alter und der Tod kämen, noch sehr-sehr lange hinziehen werde und sie tagaus tagein mit der Nähe des ungeliebten Menschen werde rechnen müssen, der soeben ins Schlafzimmer getreten ist und sich schlafenlegt, und sie werde die hoffnungslose Liebe zu dem anderen in sich ersticken müssen – zu dem jungen, bezaubernden und, wie ihr schien, dem außergewöhnlichen. Sie warf ihrem Mann einen Blick zu und wollte ihm eine gute Nacht wünschen, statt dessen aber fing sie an zu weinen. Sie ärgerte sich über sich selbst.

– Jetzt geht die Musik wieder los! – sagte Jagič, mit der Betonung auf *mu*.

Sie beruhigte sich, aber spät, erst kurz vor zehn Uhr morgens; sie hörte auf zu weinen und am ganzen Körper zu zittern, doch dafür setzten heftige Kopfschmerzen ein. Jagič hatte es eilig, rechtzeitig zum Mittagsgottesdienst zu kommen, und schimpfte im Zimmer nebenan mit dem Burschen, der ihm beim Ankleiden half. Er kam, weich mit den Sporen klirrend, einmal ins Schlafzimmer, um etwas zu holen, dann ein zweites Mal – schon in Epauletten und Orden, leicht hinkend vom Rheumatismus, und Sofja Lvovna schien es auf einmal, er gehe und schaue wie ein Raubtier.

Sie hörte, wie Jagič mit jemandem am Telephon sprach.

– Seien Sie so gut, verbinden Sie mich mit der Vasiljev-Kaserne! – sagte er; eine Minute später: – Die Vasiljev-Kaserne? Rufen Sie bitte Doktor Salimovič ans Telephon ... – Und wieder eine Minute später: – Mit wem spreche ich? Bist dus, Volodja? Freut mich sehr, Liebster, bitte deinen Vater, sofort zu uns zu kommen, meine Frau Gemahlin ist ziemlich unpäßlich nach dem gestrigen Abend. Nicht zu Hause, sagst du? Hm ... Danke. Sehr gut ... dir überaus verbunden ... Merci.

Jagič kam ein drittes Mal ins Schlafzimmer, beugte sich über seine Frau, bekreuzigte sie, ließ sie seine Hand küssen (Frauen, die ihn liebten, küßten ihm die Hand, er war es so gewöhnt) und sagte, er sei zum Essen zurück. Und ging.

Nach elf Uhr meldete das Dienstmädchen, Vladimir Michajlyč sei gekommen. Sofja Lvovna, vor Müdigkeit und Kopfschmerzen taumelnd, warf schnell ihr neues, wunderbares fliederfarbenes Capot mit Pelzbesatz über, frisierte sich hastig irgendwie; in ihrer Seele verspürte sie eine unaussprechliche Zärtlichkeit und zitterte vor Freude und vor Angst, er könne wieder gehen. Sie wollte nur einen Blick auf ihn werfen.

Volodja der Kleine war zur Visite gekommen, wie es sich gehört, in Frack und weißer Krawatte. Als Sofja Lvovna den Salon betrat, küßte er ihr die Hand und bedauerte aufrichtig, daß sie unpäßlich sei. Danach, als sie sich gesetzt hatten, bewunderte er ihr Capot.

– Mir macht das gestrige Wiedersehen mit Olja zu schaffen, – sagte sie. – Zuerst war mir unheimlich, doch jetzt beneide ich sie. Sie ist ein Fels in der Brandung, sie rückst du nicht vom Fleck; aber, Volodja, hatte sie wirklich keinen anderen Ausweg? Sich lebendigen Leibes zu begraben, bedeutet das wirklich, die Frage des Lebens zu lösen? Das ist doch der Tod, nicht das Leben.

Bei der Erwähnung Oljas trat Volodja dem Kleinen die Rührung ins Gesicht.

– Sie, Volodja, sind ein kluger Mensch, – sagte Sofja Lvovna. – Geben Sie mir den Rat, daß ich genauso handle wie sie. Natürlich habe ich keinen Glauben und würde nicht ins Kloster gehen, aber man kann ja etwas Gleichwertiges tun. Mein Leben ist nicht leicht, – fuhr sie nach kurzem Schweigen fort. – Raten Sie mir … Sagen Sie mir etwas Überzeugendes. Und sei es nur ein Wort.

– Ein Wort? Bitte sehr: tararabumbia.

– Volodja, wofür verachten Sie mich? – fragte sie lebhaft. – Sie sprechen mit mir in so einer besonderen, verzeihen Sie, so einer Geckensprache, die man gegenüber Freunden und anständigen Frauen nicht spricht. Sie haben Erfolg als Gelehrter, Sie lieben die Wissenschaft, wieso sprechen Sie aber mit mir nie über die Wissenschaft? Wieso nicht? Bin ich dessen unwürdig?

Volodja der Kleine runzelte ärgerlich die Stirn und sagte:

– Und wieso sind Sie plötzlich so versessen auf die Wissenschaft? Vielleicht wollen Sie lieber die Konstitution? Oder vielleicht Stör mit Meerrettich?

– Also gut, ich bin eine unbedeutende, schlechte, prinzipienlose, beschränkte Frau … Ich habe eine Menge, eine Unmenge Fehler, bin eine Psychopathin, bin verdorben, und deshalb muß man mich verachten. Aber Sie, Volodja, sind doch zehn Jahre älter als ich, mein Mann ist dreißig Jahre älter. Ich bin vor Ihren Augen aufgewachsen, und wenn Sie gewollt hätten, Sie hätten alles aus mir machen können, was Sie nur wollten, sogar einen Engel. Aber Sie … (ihre Stimme bebte) behandeln mich schrecklich. Jagič hat mich geheiratet, als er schon alt war, aber Sie …

– Genug jetzt, genug, – sagte Volodja, rückte näher und küßte ihr beide Hände. – Überlassen wir es Schopenhauer, zu philosophieren und alles zu beweisen, was andere nötig haben, wir dagegen wollen nur diese Händchen küssen.

– Sie verachten mich, und wenn Sie wüßten, wie sehr ich darunter leide! – sagte sie unentschlossen, da sie im vorhinein wußte, daß er ihr nicht glauben würde. – Oh, wenn Sie wüßten, wie gern ich mich ändern, ein neues Leben anfangen möchte! Mit Begeisterung denke ich daran, – sagte sie, und tatsächlich traten ihr Tränen der Begeisterung in die Augen. – Ein guter, ehrlicher, reiner Mensch sein, nicht lügen, ein Lebensziel haben.

– Na-na-na, bitte nicht so affektiert! Das kann ich nicht

leiden! – sagte er, und sein Gesicht nahm einen kapriziösen Ausdruck an. – Bei Gott, wie im Theater. Bleiben wir menschlich.

Damit er nicht böse würde und ginge, begann sie sich zu rechtfertigen und setzte ihm zuliebe ein gezwungenes Lächeln auf, und wieder brachte sie die Sprache auf Olja und darauf, wie gern sie die Frage ihres Lebens lösen, wie gern sie ein Mensch werden würde.

– Tara ... ra ... bumbia ... – sang er halblaut. – Tara ... ra ... bumbia!

Und faßte sie unvermutet um die Taille. Und sie, nicht wissend, was sie tat, legte ihre Hände auf seine Schultern und betrachtete verzückt, wie in einer Art Dunst, eine Minute lang sein kluges, spöttisches Gesicht, die Stirn, die Augen, den herrlichen Bart ...

– Du weißt es seit langem, ich liebe dich, – gestand sie ihm und errötete qualvoll, sie spürte, daß sich vor Scham sogar ihre Lippen krampfhaft verzerrten. – Ich liebe dich. Warum quälst du mich so?

Sie schloß die Augen und küßte ihn auf die Lippen und konnte lange, wohl eine Minute lang, mit diesem Kuß nicht aufhören, obwohl sie wußte, daß es ungehörig war, daß er selbst sie jetzt verurteilen konnte, daß ein Dienstbote hereinkommen konnte ...

– Oh, wie du mich quälst! – wiederholte sie.

Als er eine halbe Stunde später, nachdem er bekommen hatte, was er wollte, im Eßzimmer saß und einen Imbiß nahm, kniete sie vor ihm und verschlang sein Gesicht mit Blicken, und er sagte zu ihr, sie habe etwas von einem Hündchen, das warte, daß man ihm ein Stückchen Schinken zuwerfe. Dann zog er sie zu sich empor auf ein Knie, schaukelte sie wie ein kleines Kind und sang:

– Tara ... rabumbia ... Tara ... rabumbia!

Und als er sich anschickte zu gehen, fragte sie ihn mit Leidenschaft in der Stimme:

– Wann? Heute? Wo?

Und streckte beide Hände nach seinem Mund aus, als wolle sie die Antwort mit Händen greifen.

– Heute paßt es wohl kaum, – sagte er, nach kurzem Nachdenken. – Vielleicht morgen.

Und sie trennten sich. Vor dem Essen fuhr Sofja Lvovna ins Kloster zu Olja, doch dort wurde ihr gesagt, Olja lese irgendwo für einen Verstorbenen die Psalmen. Vom Kloster fuhr sie zu ihrem Vater und traf auch ihn nicht zu Hause an, danach wechselte sie die Droschke und fuhr ziellos durch die Straßen und Gassen, und fuhr so bis zum Abend spazieren. Und aus irgendeinem Grunde erinnerte sie sich dabei an jene Tante mit den verweinten Augen, die keinen Platz für sich finden konnte.

Nachts fuhren sie wieder mit der Trojka und lauschten den Zigeunern im Restaurant vor der Stadt. Und als sie wieder am Kloster vorbeifuhren, dachte Sofja Lvovna an Olja, und ihr wurde unheimlich bei dem Gedanken, daß es für junge Mädchen und Frauen ihres Kreises keinen anderen Ausweg geben sollte, als unentwegt Trojka zu fahren und zu lügen, oder aber ins Kloster zu gehen, das Fleisch zu töten ... Am anderen Tag war ihr Stelldichein, und wieder fuhr Sofja Lvovna allein in der Droschke durch die Stadt und dachte an die Tante.

Eine Woche später ließ Volodja der Kleine sie sitzen. Und

danach verlief das Leben wieder wie früher, ebenso uninteressant, wehmütig und zuweilen sogar qualvoll. Der Oberst und Volodja der Kleine spielten lange Billard und Piquet, Rita erzählte träge und geschmacklos Witze, Sofja Lvovna fuhr unentwegt mit der Droschke und lag ihrem Mann in den Ohren, sie in der Trojka spazieren zu fahren.

Beinahe jeden Tag fuhr sie ins Kloster, fiel Olja auf die Nerven, beklagte sich bei ihr über ihre unerträglichen Leiden, weinte und spürte dabei, daß mit ihr etwas Unreines, Erbärmliches, Schäbiges die Zelle betrat, und Olja sagte ihr stets automatisch, im Ton einer auswendig gelernten Lektion, es sei schon alles gut, alles gehe vorüber und Gott sei die Vergebung.

1893

DAS HAUS MIT DEM MEZZANIN

Erzählung eines Künstlers

I

Es war vor 6–7 Jahren, als ich in einem Landkreis des Gouvernements T. lebte, auf dem Landsitz des Gutsbesitzers Belokurov, eines jungen Mannes, der sehr früh aufstand, im Unterzieher herumlief, abends Bier trank und sich bei mir ständig darüber beklagte, daß er nirgends und bei niemandem Anteilnahme finde. Er lebte im Garten im Nebengebäude, ich im alten Herrenhaus, im riesigen Saal mit Säulen, in dem keinerlei Möbel standen, außer einem breiten Divan, auf dem ich schlief, sowie einem Tisch, auf dem ich Patience legte. Hier heulte es immer, selbst bei stillem Wetter, in den alten Amosov-Öfen, und bei Gewitter bebte das ganze Haus und schien in Stücke zu bersten, dann bekam man es ein bißchen mit der Angst, besonders nachts, wenn alle zehn großen Fenster plötzlich der Blitz erhellte.

Vom Schicksal zu beständigem Müßiggang verurteilt, tat ich nichts, aber auch gar nichts. Stundenlang schaute ich zu meinen Fenstern hinaus auf den Himmel, auf die Vögel, auf die Alleen, las alles, was die Post mir brachte, und schlief. Manchmal ging ich aus dem Haus und irrte bis zum späten Abend draußen umher.

Einmal, auf dem Weg nach Hause, verirrte ich mich auf einen unbekannten Landsitz. Die Sonne hatte sich bereits versteckt, und über den blühenden Roggen breiteten sich abendliche Schatten. Zwei Reihen alter, eng gepflanzter, sehr hoher Tannen standen wie zwei undurchdringliche Mauern und bildeten eine düstere, schöne Allee. Ich kletterte mühelos über den Zaun und ging durch diese Allee, auf den Tannennadeln ausgleitend, die hier einen Veršok hoch die Erde bedeckten. Es war still, dunkel, nur oben in den Wipfeln bebte da und dort helles goldenes Licht und ergoß sich als Regenbogen in die Spinnweben. Stark, beinahe schwül roch es nach Tannicht und Harz. Dann bog ich in eine lange Lindenallee ein. Auch hier Vernachlässigung und Alter; das Vorjahreslaub raschelte traurig unter den Füßen, und im Dämmerlicht zwischen den Bäumen versteckten sich Schatten. Rechts, im alten Obstgarten, sang lustlos, mit schwacher Stimme, eine Goldammer, wohl auch ein altes Weibchen. Doch da waren die Linden zu Ende; ich kam vorbei an einem weißen Haus mit Terrasse und mit einem Mezzanin, und unvermutet öffnete sich mir der Blick auf einen herrschaftlichen Hof und einen weiten Teich mit einer Badehütte, mit einer Menge grüner Weiden, mit einem Dorf am anderen Ufer, mit einem schlanken hohen Glockenturm, auf dem, die untergehende Sonne widerspiegelnd, das Kreuz brannte. Für einen Augenblick umwehte mich der Zauber von etwas Heimatlichem, sehr Vertrautem, so als hätte ich genau dieses Panorama als Kind schon einmal gesehen.

Und an dem weißen steinernen Tor, das vom Hof auf die Felder führte, einem alten starken Tor mit Löwen, standen zwei junge Frauen. Die eine, ältere, schlank, bleich, sehr schön, geradezu mit einer Flut kastanienbrauner Haare auf dem Kopf, mit einem kleinen eigensinnigen Mund, hatte einen strengen Gesichtsausdruck und beachtete mich kaum;

die andere, noch ganz jung – sie war 17–18 Jahre, nicht älter – ebenfalls schlank und bleich, mit großem Mund und großen Augen, schaute mich verwundert an, als ich vorbeiging, sagte etwas auf englisch und wurde verlegen, und mir schien es, als seien mir auch diese beiden lieben Gesichter bereits seit langem bekannt. Nach Hause kehrte ich mit einem Gefühl zurück, als hätte ich einen schönen Traum gesehen.

Bald darauf, es war gegen Mittag, als Belokurov und ich vor dem Haus spazierengingen, fuhr plötzlich, durch das Gras rauschend, eine gefederte Equipage auf den Hof, in der eine der beiden jungen Frauen saß. Es war die Ältere. Sie kam mit einer Spendenliste zugunsten der Brandopfer. Ohne uns anzublicken, erzählte sie uns sehr ernst und umständlich, wie viele Häuser im Dorf Sijanovo abgebrannt seien, wie viele Männer, Frauen und Kinder das Dach über dem Kopf verloren hätten, und was das Komitee für die Brandopfer, dem sie jetzt als Mitglied angehöre, fürs erste zu unternehmen gedenke. Nachdem sie uns hatte zeichnen lassen, steckte sie die Liste weg und verabschiedete sich sofort wieder.

– Sie haben uns völlig vergessen, Pëtr Petrovič, – sagte sie zu Belokurov, als sie ihm die Hand gab. – Kommen Sie uns besuchen, und wenn Monsieur N. (sie nannte meinen Namen) Lust haben sollte zu sehen, wie die Verehrer seines Talents leben, und sich zu uns bemühen möchte, so würden Mama und ich uns sehr freuen.

Ich verbeugte mich.

Als sie weggefahren war, begann Pëtr Petrovič zu erzählen. Diese junge Frau war, seinen Worten zufolge, aus guter Familie und hieß Lidija Volčaninova, das Gut, auf dem sie mit Mutter und Schwester lebte, hieß, ebenso wie das Dorf am Ufer des Teiches, Šelkovka. Ihr Vater hatte in Moskau eine hohe Stellung bekleidet und war im Rang eines Geheimrats gestorben. Obwohl durchaus begütert, lebten die Volčaninovs ständig auf dem Land, Sommer wie Winter, und Lidija war Lehrerin an der Zemstvoschule im heimischen Šelkovka und bekam 25 Rubel im Monat. Sie gab für sich nur dieses Geld aus und war stolz darauf, auf eigene Kosten zu leben.

– Eine interessante Familie, – sagte Belokurov. – Meinetwegen fahren wir sie einmal besuchen. Sie würden sich sehr über Sie freuen.

Einmal nach dem Essen, an einem der Feiertage, erinnerten wir uns an die Volčaninovs und begaben uns zu ihnen nach Šelkovka. Sie, die Mutter und beide Töchter, waren zu Hause. Die Mutter, Ekaterina Pavlovna, früher offensichtlich eine schöne Frau, heute jedoch vor der Zeit aufgedunsen, an Atemnot leidend, traurig, zerstreut, versuchte mich in ein Gespräch über Malerei zu verstricken. Da sie von ihrer Tochter erfahren hatte, daß ich vielleicht nach Šelkovka kommen würde, hatte sie sich rasch zwei, drei meiner Landschaften in Erinnerung gerufen, die sie auf Ausstellungen in Moskau gesehen hatte, und fragte jetzt, was ich mit ihnen habe ausdrücken wollen. Lidija oder, wie sie zu Hause genannt wurde, Lida sprach mehr mit Belokurov als mit mir. Ernst, ohne ein Lächeln fragte sie ihn, warum er nicht beim Zemstvo mitarbeite und warum er bis heute noch auf keiner einzigen Zemstvoversammlung gewesen sei.

– Das ist nicht gut, – sagte sie vorwurfsvoll. – Das ist nicht gut. Schämen sollten Sie sich.

– Du hast recht, Lida, du hast recht, – pflichtete ihr die Mutter bei. – Das ist nicht gut.

– Unser ganzer Landkreis ist in der Hand von Balagin, – fuhr Lida, an mich gewandt, fort. – Er führt den Vorsitz in der Verwaltung und hat sämtliche Ämter im Kreis unter seine Neffen und Schwiegersöhne aufgeteilt, er macht, was er will. Dagegen muß man kämpfen. Die Jugend muß eine starke Partei bilden, aber Sie sehen ja, was für eine Jugend wir hier haben. Schämen sollten Sie sich, Pëtr Petrovič!

Die jüngere Schwester, Ženja, schwieg, solange vom Zemstvo die Rede war. Sie beteiligte sich nicht an ernsten Gesprächen, in der Familie galt sie als noch nicht erwachsen und wurde, wie ein kleines Mädchen, Missjus genannt, so hatte sie als Kind ihre Miss, ihre Gouvernante, genannt. Sie schaut mich die ganze Zeit neugierig an und gab mir, als ich die Photographien des Albums durchblätterte, Erklärungen: »Das ist mein Onkel ... Das ist mein Taufpate«, sie fuhr mit den Fingerchen über die Porträts und berührte mich dabei kindlich mit der Schulter, und ich sah von nahem ihre schwache, kaum entwickelte Brust, die schmalen Schultern, ihr Haar und ihren schmächtigen, eng gegürteten Körper.

Wir spielten Crocket und *lown-tennis,* gingen im Garten spazieren, tranken Tee, saßen danach lange beim Abendessen. Nach dem riesigen leeren Saal mit den Säulen war mir irgendwie wohl in diesem eher kleinen gemütlichen Haus, in dem keine Öldrucke an den Wänden hingen und die Bediensteten mit Sie angeredet wurden, und alles erschien mir jung und rein, dank der Anwesenheit von Lida und Missjus, alles atmete Wohlanständigkeit. Beim Abendessen sprach Lida mit Belokurov wieder über das Zemstvo, über Balagin, über die Schulbibliotheken. Sie war eine lebhafte, aufrichtige junge Frau mit Überzeugungen, und es war interessant, ihr zuzuhören, obwohl sie viele Worte machte und laut sprach – vielleicht, weil sie sich das in der Schule angewöhnt hatte. Pëtr Petrovič dagegen, der noch aus der Studienzeit gewöhnt war, jedes Gespräch in einen Streit münden zu lassen, sprach langweilig, träge und langatmig, im unverkennbaren Wunsch, als kluger und fortschrittlicher Mensch zu erscheinen. Gestikulierend stieß er mit dem Ärmel die Sauciere um, und auf dem Tisch entstand eine große Pfütze, was aber außer mir niemand zu bemerken schien.

Als wir nach Hause zurückkehrten, war es dunkel und still.

– Gute Erziehung heißt nicht, daß du keine Sauce auf dem Tischtuch verschüttest, sondern daß du nicht bemerkst, wenn ein anderer es tut, – sagte Belokurov und seufzte. – Ja, eine interessante, intelligente Familie. Zurückgeblieben bin ich hinter den gebildeten Menschen, ach so zurückgeblieben! Und schuld daran ist die Arbeit, die Arbeit! Die Arbeit!

Er sprach davon, wieviel man zu tun habe, wenn man ein mustergültiger Landwirt werden wolle. Und ich dachte: was für ein schwerfälliger und fauler Knabe! Wenn er im Ernst über etwas sprach, machte er immer ein langgedehntes, mährendes »Ä-ä-ä-äh«, und er arbeitete genauso, wie er sprach – langsam, kam überall zu spät, verpaßte jede Frist. Zu seiner Geschäftstüchtigkeit hatte ich schon deshalb kein Vertrauen, weil er Briefe, die ich ihm zur Beförderung auf die Post anvertraute, wochenlang in der Tasche mit sich herumschleppte.

– Das Schwerste ist, – murmelte er, neben mir gehend, – das Schwerste ist, daß du arbeitest und bei niemandem Anteilnahme findest. Nicht einen Funken Anteilnahme!

II

Ich war nun öfter bei den Volčaninovs. Meist saß ich auf der untersten Terrassenstufe; mich bedrückte Unzufriedenheit mit mir selbst, es tat mir leid um mein Leben, das so schnell und uninteressant verlief, und ständig dachte ich, wie schön es wäre, sich das Herz aus der Brust zu reißen, das mir so schwer geworden war. Und währenddessen wurde auf der Terrasse gesprochen, man hörte das Rascheln von Kleidern, das Blättern in Büchern. Ich gewöhnte mich bald daran, daß Lida tagsüber Kranke empfing, Bücher verteilte und oft barhaupt, nur mit dem Sonnenschirm, ins Dorf ging und abends laut über das Zemstvo, über die Zemstvoschulen sprach. Diese schlanke, schöne, unverändert strenge junge Frau mit dem kleinen, schön geschwungenen Mund sagte jedesmal, wenn das Gespräch auf die Arbeit kam, trocken zu mir:

– Das interessiert Sie ja doch nicht.

Ich war ihr unsympathisch. Sie mochte mich nicht, weil ich Landschaftsmaler war und auf meinen Bildern nicht die Nöte des Volkes darstellte und weil ich, wie sie meinte, gleichgültig gegenüber dem war, woran sie so fest glaubte. Ich erinnere mich, als ich am Ufer des Bajkals entlangfuhr, begegnete mir ein junges Burjatenmädchen, in Hemd und Hosen aus blauem chinesischen Baumwollstoff, hoch zu Roß; ich fragte sie, ob sie mir nicht ihre Tabakspfeife verkaufen wolle, und während wir miteinander sprachen, schaute sie voller Verachtung auf mein Europäergesicht und meinen Hut, und plötzlich hatte sie es satt, mit mir zu sprechen, juchzte auf und sprengte davon. Genauso verachtete Lida in mir den Fremden. Äußerlich zeigte sie ihre Abneigung gegen mich in keiner Weise, aber ich spürte sie und empfand, auf der untersten Terrassenstufe sitzend, Verärgerung und äußerte Widerspruch, daß Bauern zu behandeln, ohne Arzt zu sein, Betrug an ihnen sei und daß man leicht ein Wohltäter sein könne, wenn man zweitausend Desjatinen Land besitze.

Ihre Schwester, Missjus, hatte keinerlei Sorgen und verbrachte ihr Leben in völligem Müßiggang, wie ich. Wenn sie morgens aufgestanden war, griff sie sofort nach einem Buch und las, auf der Terrasse in einem tiefen Sessel sitzend, so daß ihre Füßchen kaum den Boden berührten, oder sie versteckte sich mit ihrem Buch in der Lindenallee oder ging zum Tor hinaus aufs Feld. Sie las den ganzen Tag, begierig in ihr Buch blickend, und nur daran, daß ihr Blick manchmal müde, geistesabwesend wurde und ihr Gesicht sehr bleich, konnte man erraten, wie sehr das Lesen ihr Gehirn ermüdete. Wenn ich kam und sie mich sah, errötete sie leicht, legte ihr Buch weg und erzählte mir lebhaft, die großen Augen auf mich gerichtet, was alles geschehen war, zum Beispiel, daß sich in der Gesindeküche der Ruß entzündet oder daß der Knecht im Teich einen großen Fisch gefangen habe. An Werktagen trug sie gewöhnlich eine helle Bluse und einen dunkelblauen Rock. Wir gingen gemeinsam spazieren, pflückten Kirschen zum Einkochen, fuhren Boot, und wenn sie hochsprang, um eine Kirsche zu erreichen, oder an den Rudern saß, leuchteten durch die weiten Ärmel ihre schmalen, schwachen Arme. Oder ich malte eine Skizze, und sie stand daneben und schaute entzückt zu.

An einem Sonntag, Ende Juli, kam ich morgens zu den Volčaninovs, gegen neun Uhr. Ich ging durch den Park, wobei ich mich dem Haus fernhielt, und suchte Steinpilze, die es in diesem Sommer reichlich gab, und ich machte mir Zeichen, um sie später gemeinsam mit Žena zu sammeln. Es wehte ein warmer Wind. Ich sah, wie Žena und ihre Mutter, beide in hellen Sonntagskleidern, aus der Kirche nach Hause gingen und Žena vor dem Wind den Hut festhielt. Danach hörte ich sie auf der Terrasse Tee trinken.

Für mich, einen sorgenfreien Menschen, der eine Rechtfertigung für seinen beständigen Müßiggang suchte, hatten diese sommerlichen Feiertage auf unseren Landsitzen immer einen außergewöhnlichen Reiz. Wenn der grüne Garten, noch feucht vom Tau, in der Sonne erstrahlt und glücklich scheint, wenn es vor dem Haus nach Reseda und Oleander duftet, die Jugend soeben aus der Kirche zurückgekehrt ist und im Garten Tee trinkt, wenn alle so hübsch gekleidet und heiter sind, wenn man weiß, daß alle diese gesunden, satten, schönen Menschen den ganzen langen Tag nichts tun werden, dann möchte man, daß das ganze Leben so weiterginge. So dachte ich auch diesmal und ging durch den Garten, bereit, so ohne Arbeit und ohne Ziel weiterzugehen, den ganzen Tag, den ganzen Sommer.

Žena kam mit einem Korb; sie hatte einen Gesichtsausdruck, als wisse oder ahne sie, mich im Garten zu finden.

Wir sammelten die Pilze ein und sprachen, und wenn sie nach etwas fragte, ging sie einen Schritt voraus, um mein Gesicht sehen zu können.

– Gestern ist bei uns im Dorf ein Wunder geschehen, – sagte sie. – Die hinkende Pelageja war ein ganzes Jahr krank, keine Ärzte, keine Arzneien konnten ihr helfen, doch gestern hat eine alte Frau sie besprochen, und es war vorbei.

– Das ist nicht das Wesentliche, – sagte ich. – Wunder soll man nicht nur bei Kranken und alten Frauen suchen. Ist nicht die Gesundheit ein Wunder? Und das Leben selbst? Was unbegreiflich ist, das ist ein Wunder.

– Macht Ihnen nicht Angst, was unbegreiflich ist?

– Nein. Erscheinungen, die ich nicht begreife, begegne ich ohne Angst und unterwerfe mich ihnen nicht. Ich stehe über ihnen. Der Mensch muß sich bewußt sein, daß er höher steht als Löwen, als Tiger, als die Sterne, höher als alles in der Natur, sogar höher als das, was unbegreiflich ist und wunderbar erscheint, sonst ist er kein Mensch, sondern eine Maus, die vor allem Angst hat.

Ženja dachte, ich als Künstler wisse sehr viel und könne genau erraten, was ich nicht wußte. Sie wollte, daß ich sie ins Reich des Ewigen und Schönen einführe, in diese höhere Welt, in der ich ihrer Meinung nach zu Hause war, deshalb sprach sie mit mir über Gott, das ewige Leben, das Wunder. Und ich, der ich nicht glauben wollte, daß ich und meine Vorstellungswelt nach dem Tode auf ewig zugrundegehen sollten, antwortete: »ja, die Menschen sind unsterblich«, »ja, uns erwartet ein ewiges Leben«. Sie hörte zu, glaubte mir und verlangte nicht nach Beweisen.

Als wir zum Haus gingen, blieb sie plötzlich stehen und sagte:

– Unsere Lida ist ein bemerkenswerter Mensch. Nicht wahr? Ich liebe sie innig und könnte jederzeit mein Leben für sie hingeben. Aber sagen Sie, – Ženja berührte meinen Ärmel mit dem Finger, – sagen Sie, warum streiten Sie ständig mit ihr? Warum sind Sie gereizt?

– Weil sie nicht recht hat.

Ženja schüttelte den Kopf, und Tränen erschienen in ihren Augen.

– Das ist einfach unbegreiflich! – stieß sie hervor. Währenddessen war Lida eben von irgendwo zurückgekehrt und erteilte, an der Freitreppe stehend, die Peitsche in der Hand, schlank, schön, von der Sonne beschienen, dem Knecht irgendeinen Befehl. In Eile und laut mit ihnen sprechend, empfing sie zwei-drei Kranke, dann ging sie mit geschäftiger, besorgter Miene durchs Haus, öffnete mal den einen, mal den anderen Schrank, stieg hinauf in den Mezzanin; lange suchte und rief man sie zum Essen, sie kam erst, als wir die Suppe schon gegessen hatten. All diese kleinen Einzelheiten bewahre ich in der Erinnerung und liebe sie, wie ich mich auch des ganzen Tages lebhaft erinnere, obwohl nichts Besonderes geschehen ist. Nach dem Essen las Ženja, in ihrem tiefen Sessel liegend, ich saß auf der untersten Terrassenstufe. Wir schwiegen. Der Himmel hatte sich zugezogen, und ein feiner, leichter Regen begann zu tröpfeln. Es war heiß, der Wind hatte sich längst gelegt, und es schien, als solle dieser Tag nie enden. Zu uns auf die Terrasse hinaus kam Ekaterina Pavlovna, verschlafen, einen Fächer in der Hand.

– Oh, Mama, – sagte Ženja, ihr die Hand küssend, – es schadet dir, bei Tag zu schlafen.

Sie liebten einander abgöttisch. Wenn die eine in den Garten ging, stand die andere schon auf der Terrasse, den Blick in die Bäume gerichtet, und rief: »Huhu, Ženja!« oder: »Mamočka, wo bist du?« Sie beteten immer gemeinsam, beide glaubten auf die gleiche Art und verstanden einander, selbst wenn sie schwiegen. Auch ihr Verhältnis zu anderen Menschen war gleich. Ekaterina Pavlovna hatte sich ebenso schnell an mich gewöhnt, mochte mich, und wenn ich zwei, drei Tage nicht erschien, schickte sie jemanden, um zu fragen, ob ich wohlauf sei. Meine Skizzen betrachtete auch sie mit Entzücken, und mit der gleichen Schwatzhaftigkeit und der gleichen Offenheit wie Missjus erzählte sie mir, was geschehen war, und oft weihte sie mich in ihre häuslichen Geheimnisse ein.

Für ihre ältere Tochter empfand sie Ehrfurcht. Lida ließ sich nie liebkosen, sprach nur über ernste Dinge; sie lebte ihr eigenes Leben und war für Mutter und Tochter die gleiche heilige, ein wenig rätselhafte Person wie für Matrosen der Admiral, der Tag und Nacht in seiner Kajüte sitzt.

– Unsere Lida ist ein bemerkenswerter Mensch, – sagte die Mutter. – Nicht wahr?

Auch jetzt, als der Regen zu tröpfeln begann, sprachen wir über Lida.

– Sie ist ein bemerkenswerter Mensch, – sagte die Mutter und fügte halblaut im Ton einer Verschwörerin hinzu, wobei sie sich ängstlich umblickte: – Solche kann man bei Tag mit der Laterne suchen, obwohl ich mir, wissen Sie, allmählich Sorgen um sie mache. Schulen, Apothekelchen, Büchelchen – das ist ja schön und gut, aber warum will sie es übertreiben? Sie wird doch schon vierundzwanzig, es wird Zeit, daß sie ernstlich an sich denkt. Vor lauter Büchelchen und Apothekelchen sieht sie ja gar nicht, wie das Leben vergeht ... Heiraten sollte sie.

Ženja, bleich vom Lesen, mit zerzauster Frisur, hob den Kopf und sagte vor sich hin, den Blick auf die Mutter gerichtet:

– Mamočka, alles ist Gottes Wille!

Und vertiefte sich wieder in ihr Buch.

Belokurov kam in Unterzieher und gesticktem Bauernhemd. Wir spielten Crocket und *lown-tennis*, danach, als es dunkel wurde, saßen wir lange beim Abendessen, und Lida sprach wieder über Schulen und über Balagin, der den ganzen Landkreis in der Hand habe. Als ich die Volčaninovs an diesem Abend verließ, nahm ich den Eindruck eines langenlangen müßigen Tages sowie das traurige Bewußtsein mit, daß alles auf der Welt ein Ende habe, mag es auch noch so lange dauern. Ans Tor begleitete uns Ženja, und vielleicht, weil sie den ganzen Tag vom Morgen bis zum Abend mit mir verbracht hatte, spürte ich, daß ich mich ohne sie langweilte und daß mir diese ganze liebe Familie nahe war; zum ersten Mal in diesem Sommer hatte ich Lust zu malen.

– Sagen Sie, warum leben Sie so langweilig, so farblos? – fragte ich Belokurov auf dem Heimweg. – Mein Leben ist langweilig, bedrückend, eintönig, denn ich bin Künstler, ein merkwürdiger Mensch, ich bin seit meiner Jugend zerrissen von Neid, von Unzufriedenheit mit mir selbst, von mangelndem Glauben an meine Arbeit, ich habe nie Geld, bin ein Vagabund, Sie dagegen, Sie, ein gesunder, normaler

Mensch, ein Gutsbesitzer und Herr – warum leben Sie so uninteressant, warum nehmen Sie sich so wenig vom Leben? Warum, zum Beispiel haben Sie sich bis heute nicht in Lida oder Ženja verliebt?

– Sie vergessen, daß ich eine andere Frau liebe, – antwortete Belokurov.

Damit meinte er seine Freundin Ljubov Ivanovna, die mit ihm zusammen im Nebengebäude lebte. Ich sah jeden Tag, wie diese Dame, überaus vollschlank, aufgedunsen, gewichtig wie eine gemästete Gans im Garten spazierenging, in russischer Tracht mit Glasperlen, stets mit Schirm, während das Dienstmädchen sie ständig mal zum Essen, mal zum Tee rief. Vor drei Jahren hatte sie eines der Nebengebäude als Sommerhaus gemietet und war bei Belokurov wohnen geblieben, offenbar für immer. Sie war etwa zehn Jahre älter als er und behandelte ihn streng, so daß er, wenn er aus dem Hause ging, sie um Erlaubnis bitten mußte. Oft schluchzte sie in tiefem Baß, dann ließ ich ihr ausrichten, wenn sie nicht sofort aufhören würde, würde ich ausziehen; und jedesmal hörte sie auf.

Als wir nach Hause kamen, setzte sich Belokurov auf den Divan und runzelte nachdenklich die Stirn, ich dagegen ging im Saal auf und ab, in stiller Erregung, wie ein Verliebter. Ich hatte Lust, von den Volčaninovs zu sprechen.

– Lida kann nur jemanden vom Zemstvo lieben, der sich, wie sie, für Krankenhäuser und Schulen begeistert, – sagte ich. – Oh, einer solchen jungen Frau zuliebe kann man nicht nur zum Zemstvo gehen, sondern wie im Märchen sogar eiserne Schuhe abtragen. Und Missjus? Wie reizend ist diese Missjus!

Belokurov machte sein »Ä-ä-ä-äh« und begann langatmig von der Krankheit des Jahrhunderts zu sprechen – dem Pessimismus. Er sprach aus tiefer Überzeugung und in einem Ton, als hätte ich mit ihm gestritten. Hunderte von Verst öder, eintöniger, verbrannter Steppe können einen nicht so in Trübsinn stürzen wie ein Mensch, der dasitzt, redet, und niemand weiß, wann er endlich geht.

– Es geht nicht um Pessimismus und nicht um Optimismus, – sagte ich gereizt, – sondern darum, daß neunundneunzig von hundert nichts im Kopf haben.

Belokurov bezog das auf sich, war beleidigt und ging.

III

– In Malozëmovo ist der Fürst zu Gast, er läßt dich grüßen, sagte Lida zu ihrer Mutter; sie war soeben von irgendwoher zurückgekehrt und zog die Handschuhe aus. – Er hat viel Interessantes erzählt ... Und versprochen, auf der Gouvernementsversammlung noch einmal die Frage eines medizinischen Versorgungspunktes in Malozëmovo aufzuwerfen, aber er sagt: wenig Hoffnung. – Und an mich gewandt sagte sie: – Entschuldigen Sie, ich vergesse immer, daß Sie das ja doch nicht interessiert.

Ich fühlte mich gereizt.

– Wieso interessiert mich das nicht? – fragte ich und zuckte die Achseln. – Sie belieben meine Meinung nicht zu kennen, aber ich versichere Sie, diese Frage interessiert mich lebhaft.

– Ja?

– Ja. Meiner Meinung nach wird ein medizinischer Versorgungspunkt in Malozëmovo ganz und gar nicht gebraucht.

Meine Gereiztheit übertrug sich auf sie; sie schaute mich, die Stirn gerunzelt, an und fragte:

– Und was wird gebraucht? Landschaften?

– Auch Landschaften werden nicht gebraucht. Nichts brauchen wir.

Sie hatte sich der Handschuhe entledigt und schlug die Zeitung auf, die eben erst von der Post gebracht worden war; eine Minute später sagte sie leise, offensichtlich unter Beherrschung:

– Vorige Woche ist Anna bei der Geburt gestorben, wenn ein medizinischer Versorgungspunkt in der Nähe gewesen wäre, dann würde sie noch leben. Auch die Herren Landschaftsmaler sollten dazu irgendwelche Überzeugungen haben.

– Ich versichere, dazu habe ich eine sehr klare Überzeugung, – antwortete ich, während sie sich hinter ihrer Zeitung versteckte, als wolle sie mir nicht zuhören. – Meiner Meinung nach dienen medizinische Versorgungspunkte, Schulen, Bibliothekelchen, Apothekelchen unter den bestehenden Umständen nur der Versklavung. Das Volk ist mit einer langen Kette gefesselt, und Sie werden diese Kette nicht sprengen, sondern Sie fügen ihr nur weitere Glieder hinzu – da haben Sie meine Überzeugung.

Sie hob den Blick zu mir auf und lächelte spöttisch, und ich fuhr fort im Bemühen, meinen Hauptgedanken zu fassen:

– Nicht das ist wichtig, daß Anna bei der Geburt gestorben ist, sondern daß alle diese Annas, Mavras und Pelagejas vom frühen Morgen bis in die Nacht den Rücken krümmen, krank werden von Arbeiten, die ihre Kräfte übersteigen, ihr Leben lang zittern um ihre hungrigen und kranken Kinder, ihr Leben lang Angst haben vor Tod und Krankheit, ihr Leben lang zum Arzt laufen, früh welken, früh altern und sterben in Schmutz und Gestank; und bei ihren Kindern, wenn sie herangewachsen sind, geht dieselbe Musik los, und so vergehen Hunderte von Jahren, und Milliarden von Menschen leben schlimmer als die Tiere – nur für das liebe Stück Brot, in beständiger Angst. Das ganze Entsetzen ihrer Lage besteht darin, daß sie keine Zeit haben, an ihr Seelenheil zu denken, keine Zeit, darüber nachzudenken, wessen Ebenbild sie sind; Hunger, Kälte, animalische Angst, die Unmenge an Arbeit haben ihnen wie Schneewächten alle Wege zur geistigen Tätigkeit versperrt, zu eben dem Wesentlichen, das den Menschen vom Tier unterscheidet und das das einzige darstellt, für das zu leben sich lohnt. Sie kommen ihnen mit Krankenhäusern und Schulen zu Hilfe, doch damit befreien Sie sie nicht von den Fesseln, im Gegenteil, Sie versklaven sie nur um so mehr, denn indem Sie neue Vorurteile in ihr Leben hineintragen, vermehren Sie die Zahl ihrer Bedürfnisse, ganz zu schweigen davon, daß sie für die Pflaster und Bücher dem Zemstvo Geld bezahlen müssen, also den Rücken noch stärker krümmen müssen.

– Ich werde nicht mit Ihnen streiten, – sagte Lida und ließ die Zeitung sinken. – Ich habe das schon oft gehört. Ich sage Ihnen nur das eine: man darf nicht dasitzen und die Hände falten. Gewiß, wir werden die Menschheit nicht retten, und vielleicht irren wir uns in vielem, aber wir tun, was wir können, und darin haben wir recht. Höchste und heiligste Aufgabe des kultivierten Menschen ist, dem Nächsten zu dienen, und wir versuchen, ihm zu dienen, wie wir es verstehen. Ihnen gefällt das nicht, aber man kann es nicht jedem rechtmachen.

– Du hast recht, Lida, du hast recht, – sagte die Mutter. In Lidas Anwesenheit war sie immer schüchtern und schaute sie, in Unterhaltungen, stets besorgt an, aus Angst, sie könnte etwas Falsches oder Unpassendes sagen; nie widersprach sie ihr, sondern pflichtete ihr immer bei: du hast recht, Lida, du hast recht.

– Bauern, die lesen und schreiben können, Büchelchen mit ihren armseligen Belehrungen und Sentenzen und medizinische Versorgungspunkte können Kulturlosigkeit und Sterblichkeit ebensowenig verringern, wie das Licht aus Ihren Fenstern diesen riesengroßen Garten erhellen kann, – sagte ich. – Sie geben nichts, Sie schaffen durch Ihre Einmischung in das Leben dieser Menschen nur neue Bedürfnisse, einen weiteren Anlaß zu arbeiten.

– Aber mein Gott, irgend etwas muß man doch tun! – sagte Lida ärgerlich, doch ihrem Ton war anzumerken, daß sie meine Darlegung für nichtswürdig hielt und verachtete.

– Man muß die Menschen von der schweren physischen Arbeit befreien, – sagte ich. – Man muß ihr Joch erleichtern, ihnen ermöglichen aufzuatmen, damit sie nicht ihr Leben lang am Ofen, an Trögen und auf dem Acker zubringen, sondern auch Zeit haben, an ihre Seele, an Gott zu denken und ihre geistigen Fähigkeiten zu entwickeln. Die Berufung jedes Menschen liegt in geistiger Betätigung – in der beständigen Suche nach der Wahrheit und dem Sinn des Lebens. Machen Sie die grobe, tierische Arbeit für sie überflüssig, lassen Sie sie frei empfinden, und Sie werden sehen, was für ein Hohn diese Büchelchen und Apothekelchen im Grunde sind. Hat der Mensch seine wahre Berufung einmal erkannt, so können ihn nur Religion, Wissenschaften und Künste befriedigen, nicht dieser ganze Kram.

– Von der Arbeit befreien, – lächelte Lida hämisch. – Ist das etwa möglich?

– Ja. Übernehmen Sie einen Teil ihrer Arbeit. Wenn wir alle, ob Stadtbewohner oder Landbevölkerung, alle ohne Ausnahme die Arbeit unter uns aufteilen würden, die erforderlich ist, die physischen Bedürfnisse der Menschheit zu befriedigen, so kämen auf jeden von uns vielleicht nicht mehr als zwei-drei Stunden am Tag. Stellen Sie sich vor, wir alle, ob arm oder reich, würden nur drei Stunden am Tag arbeiten und hätten die übrige Zeit frei. Stellen Sie sich weiter vor, wir würden, um unabhängiger vom eigenen Körper zu sein und weniger zu arbeiten, Maschinen erfinden, die uns die Arbeit abnehmen, und versuchten, die Zahl unserer Bedürfnisse auf ein Minimum zu reduzieren. Wir würden uns und unsere Kinder abhärten, um keine Angst zu haben vor Hunger und Kälte und nicht ständig um ihre Gesundheit zu zittern, wie Anna, Mavra und Pelageja es tun. Stellen Sie sich vor, wir laufen nicht zum Arzt, unterhalten keine Apotheken, keine Tabakmanufakturen, keine Schnapsbrennereien – wieviel freie Zeit bliebe uns am Ende! Und wir alle widmeten diese Muße gemeinsam den Wissenschaften und Künsten. So wie die Bauern manchmal als ganze Dorfgemeinschaft die Straße flicken, so würden wir, als Gemeinschaft, nach der Wahrheit suchen und dem Sinn des Lebens – ich bin überzeugt, die Wahrheit wäre bald gefunden, und der Mensch wäre befreit von der ständigen, qualvollen, niederdrückenden Angst vor dem Tode, ja sogar vom Tode selbst.

– Aber Sie widersprechen sich, – sagte Lida. – Sie sagen: Wissenschaft, Wissenschaft, und lehnen ab, daß die Bauern lesen und schreiben lernen.

– Lesen und schreiben können, wenn der Mensch nichts als die Wirtshausschilder zu lesen bekommt und selten mal ein Buch, das er nicht versteht, – diese Art Bildung hält sich bei uns seit Rjuriks Zeiten, Gogols Petruša liest seit langem, aber das Dorfleben, wie es unter Rjurik war, sieht heute noch genauso aus. Nicht das kleine Einmaleins brauchen wir, sondern Freiheit zur breiten Entfaltung der geistigen Fähigkeiten. Nicht Schulen brauchen wir, sondern Universitäten.

– Sie lehnen auch die Medizin ab.

– Ja. Sie bräuchten wir nur zur Erforschung von Krankheiten als Naturerscheinung, nicht zu deren Heilung. Wenn man schon heilen will, dann nicht die Krankheiten, sondern deren Ursachen. Beseitigen Sie die Hauptursache – die physische Arbeit –, dann wird es auch keine Krankheiten mehr geben. Eine Wissenschaft, die Krankheiten heilt, erkenne ich nicht an, – fuhr ich angeregt fort. – Wissenschaften und Künste, die diesen Namen verdienen, streben nicht nach zeitlich begrenzten, nicht nach privaten Zielen, sondern nach dem Ewigen und Allgemeinen – sie suchen nach der Wahrheit und dem Sinn des Lebens, suchen nach Gott, nach der Seele, und wenn man ihnen die Widrigkeiten des Alltags aufzwängt, erschweren und belasten sie das Leben nur. Wir haben viele Mediziner, Pharmazeuten, Juristen, haben viele, die das Einmaleins können, aber ganz und gar keine Biologen, Mathematiker, Philosophen, Dichter. Aller Verstand, alle seelische Energie gehen in die Befriedigung zeitlich begrenzter, vergänglicher Bedürfnisse ... Wissenschaftler, Schriftsteller und Künstler arbeiten bis zum Umfallen, dank ihrer Gnade nehmen die Bequemlichkeiten des Lebens mit jedem Tag zu, mehren sich die Bedürfnisse des Körpers, doch bis zur Wahrheit haben wir es noch weit, und der Mensch bleibt wie zuvor das schlimmste und schmutzigste Raubtier, und alles tendiert dahin, daß die Menschheit in ihrer großen Mehrheit entartet und ihre Lebensfähigkeit für immer verliert. Unter diesen Bedingungen hat ein Leben als Künstler keinen Sinn, und je mehr Talent er hat, desto merkwürdiger und unbegreiflicher ist seine Rolle, denn im Endergebnis läuft es darauf hinaus, daß er arbeitet, um das schmutzige Raubtier zu amüsieren, und damit die bestehende Ordnung aufrechterhält. Ich will nicht arbeiten und werde es auch nicht tun ... Nichts brauchen wir, soll die Erde doch im Tartarus versinken!

– Missjus, Liebes, geh hinaus, – sagte Lida zu ihrer Schwester, offenbar fand sie meine Worte schädlich für so ein junges Mädchen.

Ženja warf der Schwester, dann der Mutter einen wehmütigen Blick zu und ging hinaus.

– Solch hübsche Dinge sagt man gewöhnlich, wenn man die eigene Gleichgültigkeit rechtfertigen will, – sagte Lida. Krankenhäuser und Schulen abzulehnen ist leichter, als zu heilen und zu unterrichten.

– Du hast recht, Lida, du hast recht, – pflichtete ihr die Mutter bei.

– Sie drohen, Sie wollten nicht mehr arbeiten, – fuhr Lida fort. – Offenbar haben Sie eine hohe Einschätzung Ihrer Arbeit. Aber hören wir auf zu streiten, wir werden nie denselben Ton treffen, denn ich schätze noch das unvollkommenste aller Bibliothekelchen und Apothekelchen, über die Sie sich eben so verächtlich geäußert haben, höher ein als alle Landschaften dieser Welt. – Und gleich darauf, an die Mutter gewandt, sagte sie in ganz anderem Ton: – Der Fürst ist sehr abgemagert und hat sich stark verändert, seit er das letzte Mal bei uns war. Man schickt ihn nach Vichy.

Sie erzählte der Mutter viel vom Fürsten, um nicht mit mir sprechen zu müssen. Ihr Gesicht brannte, und um ihre Erregung zu verbergen, beugte sie sich, wie eine Kurzsichtige, tief über den Tisch und tat so, als lese sie Zeitung. Meine Anwesenheit war unerwünscht. Ich verabschiedete mich und ging nach Hause.

IV

Auf dem Hof war es still; das Dorf am anderen Ufer des Teiches schlief bereits, kein einziges Licht war zu sehen, nur auf dem Teich lag bleich der Widerschein der Sterne. Am Tor mit den Löwen stand Ženja regungslos, um mich zu begleiten.

– Im Dorf schlafen schon alle, – sagte ich zu ihr, in der Dunkelheit bemüht, ihr Gesicht zu erkennen, und erblickte ihre auf mich gerichteten dunklen, traurigen Augen. – Der Schankwirt und die Pferdediebe schlafen seelenruhig, und wir anständigen Menschen reizen einander und streiten.

Es war eine wehmütige Augustnacht – wehmütig, weil es schon nach Herbst roch; von einer purpurroten Wolke verdeckt, ging der Mond auf und erhellte nur spärlich die Straße und zu ihren Seiten die dunklen Felder mit der Wintersaat. Oft fielen Sternschnuppen. Žhenja ging neben mir und schaute nicht zum Himmel auf, um die Sternschnuppen nicht zu sehen, die ihr aus irgendeinem Grunde Angst machten.

– Mir scheint, Sie haben recht, – sagte sie, in der nächtlichen Feuchtigkeit zitternd. – Wenn die Menschen, alle gemeinsam, sich geistiger Betätigung hingeben könnten, dann wüßten sie bald alles.

– Natürlich. Wir sind höhere Wesen, und wenn wir tatsächlich die ganze Kraft des menschlichen Genius erkennen würden und nur für die höchsten Ziele lebten, dann würden wir am Ende wie Götter werden. Aber das wird nie eintreten – und die Menschheit wird entarten, und vom Genius bleibt nicht mal eine Spur.

Als das Tor nicht mehr zu sehen war, blieb Ženja stehen und drückte mir eilig die Hand.

– Gute Nacht, – sagte sie zitternd; ihre Schultern waren nur mit der Bluse bedeckt, sie krümmte sich vor Kälte. – Kommen Sie morgen wieder.

Mir wurde unheimlich bei dem Gedanken, allein zu bleiben, gereizt, unzufrieden mit mir und den Menschen; auch ich schaute nicht mehr nach den Sternschnuppen.

– Bleiben Sie, noch eine Minute, – sagte ich. – Bitte.

Ich liebte Ženja. Wahrscheinlich liebte ich sie deshalb, weil sie mir immer entgegenkam und mich begleitete, deshalb, weil sie mich so zärtlich und entzückt anschaute. Wie anrührend schön waren ihr bleiches Gesicht, ihr schmaler Hals, ihre schmalen Arme, ihre Schwäche, ihr Müßiggang, ihre Bücher. Und der Verstand? Ich vermutete bei ihr einen überdurchschnittlichen Verstand, mich entzückte die Weite ihrer Ansichten, vielleicht, weil sie anders dachte als die strenge, schöne Lida, die mich nicht mochte. Ich gefiel Ženja als Künstler, ich hatte ihr Herz durch mein Talent erobert, und ich hatte leidenschaftlich Lust, nur für sie zu malen, ich träumte von ihr als meiner kleinen Königin, die mit mir gemeinsam über diese Bäume und Felder, den Nebel, das Morgenrot, über diese wunderschöne, bezaubernde Natur herrschen würde, in der ich mich jedoch bisher so hoffnungslos überflüssig gefühlt hatte.

– Bleiben Sie noch eine Minute, – bat ich. – Ich flehe Sie an.

Ich zog den Mantel aus und bedeckte ihre frierenden Schultern; aus Angst, sie könnte in einem Herrenmantel komisch und häßlich aussehen, lachte sie und warf ihn ab, und in diesem Augenblick umarmte ich sie und übersäte ihr Gesicht, ihre Schultern und Hände mit Küssen.

– Bis morgen! – flüsterte sie, und vorsichtig, wie aus Angst, die nächtliche Stille zu stören, umarmte sie mich. – Wir haben zu Hause keine Geheimnisse voreinander, ich muß alles sofort Mama und meiner Schwester erzählen … Ich habe solche Angst! Mama ist nicht schlimm, Mama liebt Sie, aber Lida!

Sie lief zum Tor.

– Leben Sie wohl! – rief sie.

Und danach hörte ich sie noch ein-zwei Minuten laufen. Ich hatte keine Lust, nach Hause zu gehen, und hätte auch nicht gewußt wozu. Ich stand eine Weile in Gedanken und schlenderte leise zurück, um noch einen Blick auf das Haus zu werfen, in dem sie lebte, das liebe, arglose alte Haus, das mich, wie es schien, mit den Fenstern seines Mezzanins wie mit Augen ansah und alles verstand. Ich ging an der Terrasse vorüber, setzte mich auf eine Bank am Tennisplatz, im Dunkeln unter der alten Ulme, und schaute von hier aus auf das Haus. In den Fenstern des Mezzanins, in dem Missjus lebte, blitzte grelles Licht auf, das in ruhiges Grün überging – man hatte der Lampe einen Schirm aufgesetzt ... Ich war erfüllt von Zärtlichkeit, Stille und Zufriedenheit mit mir selbst, Zufriedenheit, weil es mir gelungen war, mich zu begeistern und zu verlieben, verspürte zugleich aber den unangenehmen Gedanken, daß zur gleichen Zeit, wenige Schritte von mir entfernt, in einem Zimmer dieses Hauses Lida lebte, die mich nicht mochte, vielleicht sogar haßte. Ich saß da und wartete die ganze Zeit, ob Ženja nicht herauskommen würde, horchte, und mir war, als würde im Mezzanin gesprochen.

Es verging etwa eine Stunde. Das grüne Licht erlosch, und die Schatten verschwanden. Der Mond stand bereits hoch über dem Haus und erhellte den schlafenden Garten, die Wege; die Dahlien und Rosen im Beet vor dem Haus waren deutlich zu sehen und schienen alle von gleicher Farbe. Es wurde sehr kalt. Ich ging aus dem Garten, hob von der Straße meinen Mantel auf und schlenderte ohne Eile nach Hause.

Als ich am andern Tag nach dem Essen zu den Volčaninovs kam, stand die Glastür zum Garten weit offen. Ich saß auf der Terrasse und wartete, daß gleich hinter dem Blumenbeet oder in einer der Alleen Ženja erscheinen oder aus dem Inneren des Hauses ihre Stimme erklingen würde; danach ging ich in den Salon, ins Eßzimmer. Nirgends eine Menschenseele. Aus dem Eßzimmer ging ich durch den langen Korridor auf den Flur, dann zurück. Hier im Korridor waren mehrere Türen, und hinter einer von ihnen ertönte Lidas Stimme.

– Einer Krähe schickte ... Gott ... – sprach sie laut und gedehnt, wahrscheinlich ein Diktat gebend. – Gott ein Stück Käse ... Einer Krähe ... schickte ... Wer ist da? – rief sie plötzlich, da sie meine Schritte gehört hatte.

– Ich bins.

– Ah! Verzeihen Sie, ich kann jetzt nicht zu Ihnen herauskommen, ich gebe Daša Unterricht.

– Ist Ekaterina Pavlovna im Garten?

– Nein, sie ist heute morgen mit meiner Schwester abgereist, zu deren Tante ins Gouvernement Penza. Und im Winter fahren sie wahrscheinlich ins Ausland ... – fügte sie, nach einer Pause, hinzu. – Einer Krähe schickte ... Go-ott ein Stück Kä-äse ... Hast du das?

Ich ging auf den Flur hinaus und stand, ohne etwas zu denken, da und schaute von dort auf den Teich, auf das Dorf, und an mein Ohr drang:

– Ein Stück Kä-äse ... Einer Krähe schickte Gott ein Stück Käse ...

Ich verließ den Landsitz auf demselben Wege, auf dem ich zum ersten Mal hierhergekommen war, nur in umgekehrter Reihenfolge: zuerst vom Hof in den Garten, am Haus vorbei, dann durch die Lindenallee ... Hier holte mich ein Bauernjunge ein und gab mir einen Zettel. »Ich habe alles meiner Schwester erzählt, und sie verlangt, daß ich mich von Ihnen trenne, – las ich. – Ich hatte nicht die Kraft, sie durch meinen Ungehorsam zu betrüben. Gott schenke Ihnen Glück, vergeben Sie mir. Wenn Sie wüßten, wie bitterlich Mama und ich weinen!«

Dann die dunkle Tannenallee, der umgestürzte Zaun ... Auf dem Feld, auf dem damals der Roggen geblüht und die Goldammer gerufen hatten, weideten jetzt Kühe und gekoppelte Pferde. Irgendwo an den Hügeln grünte hell die Wintersaat. Eine nüchterne Alltagsstimmung hatte sich meiner bemächtigt, und ich schämte mich für alles, was ich bei den Volčaninovs gesagt hatte, und wie zuvor schon erschien mir das Leben öde und langweilig. Zu Hause angekommen, packte ich meine Sachen und reiste am Abend nach Petersburg.

Ich habe die Volčaninovs seitdem nicht wiedergesehen. Neulich, als ich auf die Krim fuhr, bin ich im Eisenbahnabteil Belokurov begegnet. Er trug wie früher den Unterzieher und das gestickte Bauernhemd, und als ich ihn nach seinem Befinden fragte, gab er zur Antwort: »Gut, dank Ihren Gebeten.« Wir kamen ins Gespräch. Sein Gut hatte er verkauft und ein anderes, kleineres gekauft, auf den Namen von Ljubov Ivanovna. Von den Volčaninovs wußte er nur wenig mitzuteilen. Lida lebte, seinen Worten zufolge, wie früher in Šelkovka und unterrichtete in der Schule Kinder; nach und nach sei es ihr gelungen, einen Kreis ihr sympathischer Menschen um sich zu versammeln, die eine starke Partei bildeten und auf der letzten Wahl zum Zemstvo Balagin »zum Teufel gejagt« hätten, der bis dahin den ganzen Landkreis in der Hand gehabt hatte. Von Ženja wußte Belokurov nur, daß sie nicht mehr zu Hause lebte und niemand wisse, wo sie sei.

Ich beginne bereits, das Haus mit dem Mezzanin zu vergessen, und nur manchmal, selten, wenn ich male oder lese, fällt mir, wie aus heiterem Himmel, mal das grüne Licht im Fenster wieder ein, mal der Klang meiner Schritte, die nachts im Feld widerhallten, als ich, verliebt, nach Hause ging und mir vor Kälte die Hände rieb. Und noch seltener, in Minuten, wenn mich die Einsamkeit quält und ich wehmütig werde, erinnere ich mich dunkel, und nach und nach beginnt es mir aus irgendeinem Grunde so zu scheinen, als erinnere man sich auch an mich, warte auf mich und als würden wir einander begegnen …

Missjus, wo bist du?

1896

DIE DAME MIT DEM HÜNDCHEN

I

Man sagte, auf der Strandpromenade sei ein neues Gesicht aufgetaucht: eine Dame mit einem Hündchen. Dmitrij Dmitrievič Gurov, der in Jalta bereits zwei Wochen verbracht und sich eingewöhnt hatte, interessierte sich ebenfalls schon für neue Gesichter. Im Pavillon bei Vernet sitzend, sah er, wie die Strandpromenade eine junge Dame entlangging, blond, von mittlerem Wuchs, mit einem Barett; ihr nach lief ein weißer Spitz.

Danach begegnete er ihr im Stadtpark und in den Anlagen mehrmals am Tag. Sie ging allein spazieren, immer mit demselben Barett, mit dem weißen Spitz; niemand wußte, wer sie war, deshalb nannte man sie einfach: die Dame mit dem Hündchen.

»Wenn sie ohne ihren Mann und ohne Bekannte hier ist, – überlegte Gurov, – wäre es nicht schlecht, sie kennenzulernen.«

Er war noch keine vierzig, hatte aber schon eine zwölfjährige Tochter und zwei Söhne auf dem Gymnasium. Man hatte ihn jung verheiratet, als er noch Student im dritten, vierten Semester war, und heute wirkte seine Ehefrau anderthalbmal so alt wie er. Sie war hochgewachsen, hatte dunkle Augenbrauen, hielt sich gerade, wichtig, würdevoll und war, wie sie sich selbst nannte, eine denkende Frau. Sie las viel, schrieb in ihren Briefen kein hartes Zeichen, nannte ihren Mann nicht Dmitrij, sondern Dimitrij, und er hielt sie insgeheim für beschränkt, engherzig, unelegant, fürchtete sie und war ungern zu Hause. Sie zu betrügen begonnen hatte er schon vor langem, er betrog sie oft, und wahrscheinlich deshalb sprach er von Frauen fast immer schlecht, und wenn in seiner Gegenwart von ihnen die Rede war, nannte er sie:

– Die niedere Rasse!

Ihm schien, die bittere Erfahrung gebe ihm Grund genug, sie zu nennen, wie es ihm beliebte, dennoch kam er ohne die »niedere Rasse« nicht einmal zwei Tage aus. In Gesellschaft von Männern war ihm langweilig, und er fühlte sich fremd, ihnen gegenüber war er wortkarg und kalt, doch wenn er sich unter Frauen befand, fühlte er sich frei und wußte, worüber er zu sprechen und wie er mit ihnen umzugehen hatte; selbst mit ihnen zu schweigen fiel ihm nicht schwer. In seinem Äußeren, im Charakter, in seiner ganzen Natur lag etwas Anziehendes, Unfaßbares, das die Frauen für ihn einnahm, sie anlockte; er wußte das, und auch ihn selbst zog eine unbekannte Macht zu ihnen.

Die vielfache Erfahrung, tatsächlich bittere Erfahrung, hatte ihn seit langem darüber belehrt, daß jede Annäherung, die zu Beginn auf so angenehme Weise Abwechslung ins Leben bringt und als liebenswertes und leichtes Abenteuer erscheint, sich bei anständigen Menschen, besonders bei den schwerfälligen, unentschlossenen Moskauern, unweigerlich zu einem ganzen, höchst komplizierten Problem auswächst und schließlich zu einer Belastung wird. Doch bei jeder Begegnung mit einer interessanten Frau entglitt diese Erfahrung irgendwie dem Gedächtnis, man wollte leben, und alles schien so einfach und amüsant.

So saß er einmal gegen Abend im Park beim Essen, und die Dame mit dem Barett kam langsam näher und setzte sich an den Nebentisch. Ihr Gesichtsausdruck, Gang, Kleid, ihre Frisur sagten ihm, daß sie zur anständigen Gesellschaft gehörte, verheiratet, zum ersten Mal in Jalta und allein war, daß sie sich hier langweilte ... An den Erzählungen über die Laxheit der hiesigen Sitten stimmte vieles nicht, er verachtete sie und wußte, daß diese Erzählungen von Leuten stammten, die selbst gern gesündigt hätten, wenn sie nur gekonnt hätten, doch als sich die Dame an den Nebentisch setzte, drei Schritte von ihm entfernt, erinnerte er sich an die Erzählungen von leichten Eroberungen, von Fahrten in die Berge, und seiner bemächtigte sich der verführerische Gedanke an eine schnelle, vorübergehende Verbindung, eine Affaire mit einer unbekannten Frau, von der man nicht einmal den Namen wußte.

Liebenswürdig lockte er den Spitz herbei und drohte ihm, als er nähergekommen war, mit dem Finger. Der Spitz knurrte. Gurov drohte ihm noch einmal.

Die Dame blickte ihn an und senkte sofort die Augen.

– Er beißt nicht, – sagte sie und errötete.

– Darf ich ihm den Knochen geben? – Und als sie nickte, fragte er entgegenkommend: – Sind Sie schon lange in Jalta?

– Fünf Tage.

– Und ich bin schon die zweite Woche hier.

Sie schwiegen eine Weile.

– Die Zeit vergeht schnell, es ist nur so langweilig hier! – sagte sie, ohne ihn anzublicken.

– Das ist nur so eine Redensart, es sei langweilig hier. Der

Spießer lebt bei sich zu Hause in Belëv oder Žizdra – und langweilt sich nicht, aber kommt er hierher: »Ach, diese Langeweile! Ach, dieser Staub!« Man könnte meinen, er käme aus Granada.

Sie mußte lachen. Danach aßen beide schweigend weiter, wie Unbekannte; doch nach dem Essen gingen beide gleichzeitig, gingen Seite an Seite, und es entspann sich eine scherzhafte, leichte Unterhaltung, wie freie, zufriedene Menschen sie führen, denen egal ist, wohin sie gehen und worüber sie sprechen. Sie gingen spazieren und sprachen über die merkwürdige Illumination des Meeres; das Wasser war fliederfarben, so weich und warm, und auf ihm lag vom Mond ein goldener Streifen. Sie sprachen über die Schwüle nach dem heißen Tag. Gurov erzählte, er sei Moskauer, dem Studium nach Philologe, arbeite aber in einer Bank; er habe früher einmal Opernsänger werden wollen, das aber aufgegeben, und besitze in Moskau zwei Häuser … Von ihr erfuhr er, daß sie in Petersburg aufgewachsen sei, aber nach S. geheiratet habe, wo sie seit zwei Jahren lebe, daß sie noch einen Monat in Jalta bleiben und, vielleicht, ihr Mann sie abholen werde, der sich ebenfalls erholen wolle. Sie konnte und konnte nicht erklären, wo ihr Mann arbeite – in der Gouvernementsverwaltung oder der Gouvernements-Zemstvoverwaltung, und darüber mußte sie selbst lachen. Außerdem erfuhr Gurov, daß sie Anna Sergeevna hieß.

Danach, in seinem Hotelzimmer, dachte er an sie, daran, daß sie ihm morgen wahrscheinlich wieder begegnen würde. Bestimmt sogar. Als er schlafen ging, fiel ihm ein, daß sie noch vor kurzem aufs Institut, zur Schule gegangen war, so wie heute seine Tochter, dachte daran, wieviel Befangenheit, Unbeholfenheit in ihrem Lachen gelegen hatte, in einer Unterhaltung mit einem Unbekannten – bestimmt war sie zum ersten Mal im Leben allein, in einer Umgebung, in der man sie beobachtete, sie ansah und ansprach, mit nur dem einen Hintergedanken im Kopf, der für sie keinem Zweifel unterliegen konnte. Er dachte an ihren schmalen, schwachen Hals, die schönen, grauen Augen.

»Irgendwo hat sie etwas Bemitleidenswertes«, – dachte er und schlief ein.

II

Eine Woche war vergangen, seit sie sich kennengelernt hatten. Es war Feiertag. In den Räumen war es schwül, auf den Straßen wirbelte der Wind den Staub auf, riß Hüte vom Kopf. Den ganzen Tag hatte man Durst, und Gurov kehrte oft im Pavillon ein und bot Anna Sergeevna bald Wasser mit Fruchtsirup an, bald Halbgefrorenes. Man wußte nicht, wohin man sich retten sollte.

Am Abend, als der Wind abgeflaut war, gingen sie zur Mole, um zuzuschauen, wie der Dampfer anlegte. An der Anlegestelle waren viele Spaziergänger; sie hatten sich versammelt, um jemanden abzuholen, trugen Blumensträuße. Und hier fielen deutlich zwei Besonderheiten der eleganten Jaltaer Gesellschaft ins Auge: ältere Damen, die sich kleideten wie junge, und eine Menge Generäle.

Wegen hohen Seegangs kam der Dampfer spät, als die Sonne schon untergegangen war, und mußte, bevor er an der Mole anlegen konnte, lange manövrieren. Anna Sergeevna betrachtete Dampfer und Passagiere durch die Lorgnette, wie auf der Suche nach Bekannten, und wenn sie sich Gurov zuwandte, glänzten ihre Augen. Sie sprach viel, ihre Fragen waren zusammenhanglos, und sie selbst vergaß sofort wieder, wonach sie gefragt hatte; dann verlor sie in der Menge ihre Lorgnette.

Die elegante Menge verlief sich, Gesichter waren keine mehr zu sehen, der Wind hatte sich ganz gelegt, nur Gurov und Anna Sergeevna standen da, als warteten sie, ob nicht noch jemand vom Dampfer käme. Anna Sergeevna war verstummt und roch an den Blumen, ohne Gurov anzublicken.

– Das Wetter ist gegen Abend besser geworden, – sagte er. – Wohin gehen wir jetzt? Wollen wir nicht irgendwohin fahren?

Sie gab keine Antwort.

Da blickte er sie eindringlich an und plötzlich umarmte er sie und küßte sie auf die Lippen, und ihn umwehten der Duft und die feuchte Frische der Blumen, und sofort blickte er sich ängstlich um: ob es auch niemand gesehen hatte?

– Gehen wir zu Ihnen … – sagte er leise. Und beide gingen schnellen Schrittes.

Bei ihr im Hotelzimmer war es schwül, es roch nach dem Parfum, das sie im japanischen Laden gekauft hatte. Gurov, der sie jetzt anblickte, dachte: »Was gibt es doch für Begegnungen im Leben!« Aus seiner Vergangenheit erinnerte er sich an sorglose, gutmütige Frauen, die die Liebe aufheiterte, die ihm dankbar waren für das Glück, und sei es auch nur ein kurzes; auch an solche – wie zum Beispiel seine Ehefrau – die unaufrichtig liebten, mit langem Gerede, affektiert, hysterisch, mit einem Gesichtsausdruck, als ginge es nicht um Liebe, um Leidenschaft, sondern um etwas Bedeutenderes; und an zwei-drei andere, sehr schöne, kalte Frauen, über deren Gesicht plötzlich ein raubtierhafter Zug gehuscht war, der eigensinnige Wunsch zu nehmen, dem Leben mehr zu entreißen, als es geben kann, und das waren Frauen, die die erste Jugend bereits hinter sich hatten, launische, unvernünftige, herrschsüchtige, dumme Frauen, und wenn Gurovs Gefühl für sie am Erkalten war, dann weckte ihre Schönheit in ihm Haß, und die Spitzen ihrer Unterwäsche kamen ihm vor wie ein Schuppenkleid.

Hier dagegen war es die Unbeholfenheit, Eckigkeit der unerfahrenen Jugend, das Gefühl des Peinlichen; und der Eindruck der Verlegenheit, als habe plötzlich jemand an die Tür geklopft. Anna Sergeevna, die »Dame mit dem Hündchen«, verhielt sich gegenüber dem, was geschehen war, irgendwie besonders, sehr ernst, so als sei sie jetzt eine Gefallene – so schien es, und das war merkwürdig und unangebracht. Ihre Züge fielen ein, wurden welk, und traurig hingen zu beiden Seiten des Gesichts die langen Haare herab, in zerknirschter Pose verfiel sie in Gedanken, wie die Sünderin auf einem alten Gemälde.

– Das war nicht gut, – sagte sie. – Sie als erster werden mich jetzt nicht mehr achten.

Auf dem Tisch lag eine Wassermelone. Gurov schnitt sich ein Stück davon ab und begann ohne Eile zu essen. Mindestens eine halbe Stunde verging in Schweigen.

Anna Sergeevna war rührend, von ihr wehte die Reinheit einer anständigen, naiven, lebensunerfahrenen Frau; die einsame Kerze, die auf dem Tisch brannte, erhellte kaum ihr Gesicht, doch konnte man sehen, daß ihr nicht wohl zumute war.

– Warum sollte ich aufhören, dich zu achten? – fragte Gurov. – Du weißt ja selbst nicht, was du redest.

– Möge Gott mir vergeben! – sagte sie, und ihre Augen füllten sich mit Tränen. – Es ist schrecklich.

– Als wolltest du dich rechtfertigen.

– Rechtfertigen womit? Ich bin eine schlechte, niedere Frau, ich verachte mich und denke nicht an Rechtfertigung. Ich habe nicht meinen Mann betrogen, sondern mich selbst. Und nicht erst heute, ich betrüge ihn schon seit langem. Mein Mann ist vielleicht ein ehrenwerter, guter Mensch, aber er ist doch ein Lakai! Ich weiß nicht, was er da macht, wie er arbeitet, ich weiß nur, er ist ein Lakai. Als ich ihn heiratete, war ich zwanzig Jahre alt, verzehrte mich vor Neugierde, ich wollte etwas Besseres; es gibt doch, sagte ich mir immer, ein anderes Leben. Leben wollte ich! Leben, nur leben … Diese Neugierde brannte in mir … Sie werden das nicht verstehen, aber ich schwöre bei Gott, ich konnte mich nicht mehr beherrschen, etwas war mit mir geschehen, ich war nicht mehr zu halten, sagte zu meinem Mann, ich sei krank, und fuhr hierher … Und hier ging ich dauernd umher, wie im Dunst, wie wahnsinnig … und jetzt bin ich eine gewöhnliche liederliche Frau, die jedermann verachten darf.

Gurov langweilte es bereits, ihr zuzuhören, ihn ärgerte der naive Ton, diese so unverhoffte und unangebrachte Reue; wären die Tränen in ihren Augen nicht gewesen, man hätte denken können, sie erlaube sich einen Scherz oder spiele Theater.

– Ich verstehe nicht, – sagte er leise, – was willst du?

Sie barg das Gesicht an seiner Brust und schmiegte sich an ihn.

– Glauben Sie, glauben Sie mir, ich flehe Sie an … – sprach sie. – Ich liebe das ehrliche, reine Leben, und Sünde ist mir zuwider; ich weiß selbst nicht, was ich tue. Die einfachen Leute sagen: ihn hat der Böse verführt. So kann ich jetzt von mir sagen, mich hat der Böse verführt.

– Aber, aber … – stammelte er.

Er schaute ihr in die reglosen, erschrockenen Augen, küßte sie, sprach leise und liebevoll, und sie beruhigte sich ein wenig, ihre Heiterkeit kehrte zurück; beide begannen zu lachen.

Später, als sie hinausgingen, war auf der Strandpromenade keine Menschenseele, die Stadt mit ihren Zypressen sah aus wie tot, nur das Meer rauschte noch und schlug gegen das Ufer; eine Barkasse schaukelte auf den Wellen, auf ihr blinkte schlaftrunken eine Laterne.

Sie fanden eine Droschke und fuhren nach Oreanda.

– Ich habe eben unten im Flur deinen Familiennamen gelesen: auf der Tafel steht ›von Diederitz‹, – sagte Gurov. – Ist dein Mann Deutscher?

– Nein, ich glaube, sein Großvater war Deutscher, er selbst ist russisch orthodox.

In Oreanda saßen sie auf einer Bank, nahe der Kirche, schauten auf das Meer hinunter und schwiegen. Jalta war kaum zu sehen durch den Morgennebel, über den Gipfeln der Berge standen reglos weiße Wolken. Kein Blatt rührte sich an den Bäumen, die Zikaden sangen, und das eintönige, dumpfe Rauschen des Meeres, das von unten heraufdrang, sprach von der Ruhe, vom ewigen Schlaf, der uns erwartet. So hat es unten gerauscht, als hier noch kein Jalta war, kein Oreanda, so rauscht es heute und wird noch genauso gleichgültig und dumpf rauschen, wenn wir einmal nicht mehr sind. Und in dieser Beständigkeit, in der vollkommenen Gleichgültigkeit gegenüber dem Leben und Tod eines jeden von uns liegt vielleicht das Unterpfand unserer ewigen Rettung verborgen, der unaufhörlichen Bewegung des Lebens auf der Erde, der unaufhörlichen Vollendung. Neben einer jungen Frau sitzend, die im Morgenlicht so schön erschien, besänftigt und bezaubert von dieser märchenhaften Umgebung – dem Meer, den Bergen, den Wolken, dem weiten Himmel, dachte Gurov, daß im Grunde, wenn man es sich recht überlegte, auf dieser Welt alles schön sei, alles, außer dem, was wir denken und tun, wenn wir die höchsten Ziele des Daseins vergessen, unsere menschliche Würde.

Ein Mann kam näher – vermutlich ein Wächter –, schaute sie an und ging. Selbst diese Einzelheit erschien so geheimnisvoll und ebenfalls schön. Man sah, wie aus Feodosija der Dampfer kam, vom Morgenrot erhellt, schon ohne Lichter.

– Auf dem Gras liegt Tau, – sagte Anna Sergeevna nach langem Schweigen.

– Ja. Wir müssen nach Hause.

Sie kehrten in die Stadt zurück.

Danach trafen sie sich jeden Mittag auf der Strandpromenade, frühstückten gemeinsam, aßen gemeinsam zu Mittag, flanierten, bewunderten das Meer. Sie klagte über schlechten Schlaf und ein besorgniserregendes Herzklopfen, stellte immer dieselben Fragen, mal aus Eifersucht, mal aus Angst, er könne sie nicht mehr genügend achten. Und oft, in den Anlagen oder im Park, wenn niemand in der Nähe war, zog er sie plötzlich an sich und küßte sie leidenschaftlich. Der Müßiggang, diese Küsse am hellichten Tag, das Sich-Umblicken und die Angst, es könnte sie jemand gesehen haben, die Hitze, der Geruch des Meeres und der unausgesetzte Anblick müßiger, eleganter, satter Menschen hatten ihn wie verwandelt; er sagte Anna Sergeevna immer wieder, wie schön sie sei, wie verführerisch, war ungeduldig in seiner Leidenschaft, wich keinen Schritt von ihrer Seite, sie dagegen wurde oft nachdenklich, bat ihn ständig zuzugeben, daß er sie nicht achte, sie keineswegs liebe, sondern in ihr nur eine schlechte Frau sehe. Beinahe jeden Abend fuhren sie irgendwohin, zur Stadt hinaus nach Oreanda oder an den Wasserfall; und die Spazierfahrt mißlang nie, die Eindrücke waren jedesmal unverändert schön, majestätisch.

Sie erwarteten die Ankunft ihres Mannes. Doch von ihm kam ein Brief, er sei an den Augen erkrankt und flehe seine Frau an, umgehend nach Hause zurückzukehren. Anna Sergeevna hatte es plötzlich eilig.

– Es ist gut, daß ich abreise, – sagte sie zu Gurov. – So will es das Schicksal.

Sie fuhr mit dem Wagen, er begleitete sie. Sie fuhren einen ganzen Tag. Als sie sich in den Waggon des Kurierzuges setzte und als das zweite Klingelzeichen ertönte, sagte sie:

– Lassen Sie sich noch einmal anschauen … Ich möchte Sie noch einmal anschauen. Ja, so.

Sie weinte nicht, war aber traurig, als wäre sie krank, und ihr Gesicht bebte.

– Ich werde an Sie denken … mich erinnern, – sagte sie. – Gott sei mit Ihnen, bleiben Sie. Behalten Sie mich in guter Erinnerung. Wir nehmen Abschied für immer, es muß so sein, denn wir hätten einander eigentlich nie begegnen sollen. Also, Gott sei mit Ihnen.

Der Zug entfernte sich schnell, seine Lichter waren bald verschwunden, und eine Minute später war kein Laut mehr zu hören, so als habe sich alles verschworen, dieses süße Vergessen, diesen Wahnsinn umgehend zu beenden. Und allein auf dem Bahnsteig, den Blick in die dunkle Ferne gerichtet, lauschte Gurov dem Zirpen der Grillen und dem Summen der Telegraphendrähte mit einem Gefühl, als sei er soeben erwacht. Und er dachte, nun habe es also in seinem Leben eine weitere Eroberung gegeben oder ein Abenteuer, auch das sei nun beendet und werde jetzt Erinnerung … Er war gerührt, traurig und spürte eine leichte Reue; war doch diese junge Frau, die er nie mehr wiedersehen würde, mit ihm nicht glücklich gewesen; er war entgegenkommend und herzlich gewesen, dennoch hatte in seinem Verhalten zu ihr, in seinem Ton und seinen Liebkosungen wie ein Schatten ein leiser Spott gelegen, die leicht grobe Überheblichkeit eines glücklichen Mannes, der zudem fast doppelt so alt war wie sie. Die ganze Zeit hatte sie ihn einen guten Menschen genannt, einen außergewöhnlichen, höherstehenden; offenbar war er ihr nicht als der erschienen, der er in Wirklichkeit war, das heißt, er hatte sie, ohne es zu wollen, betrogen …

Hier auf dem Bahnhof roch es bereits nach Herbst, der Abend war kühl.

»Auch für mich wird es Zeit für den Norden, – dachte Gurov, als er den Bahnsteig verließ. – Es wird Zeit!«

III

Zu Hause in Moskau war alles schon winterlich, die Öfen wurden geheizt, und morgens, wenn die Kinder sich für das Gymnasium fertigmachten und Tee tranken, war es dunkel, und die Njanja zündete für kurz das Licht an. Schon hatten die Fröste eingesetzt. Wenn der erste Schnee fällt, am Tag der ersten Schlittenfahrt, ist es angenehm, die weiße Erde, die weißen Dächer zu sehen, es atmet sich weich und wunderbar, und dann erinnert man sich an die Jugendjahre. Die alten Linden und Birken, weiß bereift, schauen so gutmütig drein, sie sind dem Herzen näher als Zypressen und Palmen, in ihrer Nähe denkt man nicht mehr gern an Berge und ans Meer.

Gurov war Moskauer, nach Moskau kehrte er an einem schönen, frostigen Tag zurück, und als er den Pelzmantel und warme Handschuhe angezogen hatte und über die Petrovka flaniert war, und als er am Samstag das Abendgeläut der Glocken gehört hatte, da verloren für ihn die Reise von neulich und die Orte, an denen er gewesen war, allen ihren Zauber. Allmählich tauchte er ein ins Moskauer Leben, schon verschlang er gierig drei Zeitungen pro Tag und pflegte zu sagen, er lese prinzipiell keine Moskauer Zeitungen. Schon zog es ihn in die Restaurants, die Klubs, zu Diners mit geladenen Gästen und Jubiläen, und schon schmeichelte es ihm, daß in seinem Hause bekannte Anwälte und Künstler verkehrten und daß er im Akademischen Klub mit einem Professor Karten spielte. Schon schaffte er eine Portion Seljanka aus der Pfanne …

Irgendwie noch einen Monat, so schien ihm, und Anna

Sergeevna wäre in seinem Gedächtnis vom Nebel bedeckt, und nur selten noch würde er von dem rührenden Lächeln träumen, wie er von anderen träumte. Aber ein Monat und mehr war vergangen, der tiefe Winter war angebrochen, und in seinem Gedächtnis war alles klar, so als habe er sich von Anna Sergeevna erst gestern getrennt. Und die Erinnerungen entbrannten immer heftiger. Drangen durch die abendliche Stille in sein Arbeitszimmer die Stimmen der Kinder, die ihre Hausaufgaben übten, hörte er eine Romanze oder das Orchestrion im Restaurant, oder heulte der Schneesturm im Kamin, sofort erstand in seinem Gedächtnis alles: das, was auf der Mole geschehen war, der frühe Morgen mit dem Nebel in den Bergen, der Dampfer aus Feodosija, die Küsse. Lange ging er im Zimmer auf und ab und erinnerte sich und lächelte, dann gingen die Erinnerungen in Träume über, und das Vergangene vermischte sich in seiner Vorstellung mit dem, was werden würde. Anna Sergeevna erschien ihm nicht im Schlaf, sie folgte ihm, wie ein Schatten, überallhin und beobachtete ihn. Wenn er die Augen schloß, sah er sie vor sich, wie lebendig, und sie schien ihm schöner, jünger und zärtlicher, als sie war; auch er selbst erschien sich besser, als er damals gewesen war, in Jalta. Sie blickte ihm am Abend aus dem Bücherschrank entgegen, aus dem Kamin, aus der Zimmerecke, er hörte ihren Atem, das liebevolle Rascheln ihres Kleides. Auf der Straße folgte er Frauen mit dem Blick, suchte, ob nicht eine ihr ähnlich sehe …

Und schon bedrückte ihn der heftige Wunsch, seine Erinnerungen mit jemandem zu teilen. Aber zu Hause konnte er unmöglich von seiner Liebe sprechen, und außer

Hause – hätte er nicht gewußt, mit wem. Etwa mit den Mietern, oder auf der Bank? Worüber auch sprechen? Hatte er damals etwa geliebt? Gab es etwas Schönes, Poetisches oder Lehrreiches oder einfach etwas Interessantes in seinem Verhältnis zu Anna Sergeevna? Und kam es dazu, daß er allgemein über die Liebe, über die Frauen sprach, so erriet niemand, worum es ging, nur seine Frau runzelte ihre dunklen Augenbrauen und pflegte zu sagen:

– Dimitrij, die Rolle des Gecken steht dir nicht.

Eines Nachts, als er den Akademischen Klub mit seinem Partner, einem Beamten, verließ, konnte er nicht mehr an sich halten und sagte:

– Wenn Sie wüßten, was für eine zauberhafte Frau ich in Jalta kennengelernt habe!

Der Beamte setzte sich in den Schlitten und fuhr an, doch plötzlich drehte er sich um und rief:

– Dmitrij Dmitrič!

– Ja?

– Sie hatten recht: der Stör neulich hatte einen leichten Stich!

Diese so alltäglichen Worte empörten Gurov plötzlich aus irgendeinem Grunde, erschienen ihm demütigend, schmutzig. Was für rohe Sitten, was für Gesichter! Wildes Kartendreschen, Fressen, Saufen und ständiges Gerede über ein und dasselbe. Das überflüssige Tun und Treiben und Reden über ein und dasselbe nehmen den besten Teil der Zeit in Anspruch, die besten Kräfte, und übrig bleibt am Ende ein verstümmeltes, flügelloses Leben, irgendein Unfug, und weglaufen und fliehen kann man nicht, als säße man in der Irrenanstalt oder im Zuchthaus!

Gurov konnte vor Empörung die ganze Nacht nicht schlafen und verbrachte den ganzen Tag danach mit Kopfschmerzen. Auch die folgenden Nächte schlief er schlecht, saß dauernd im Bett und dachte nach oder ging von einer Zimmerecke in die andere. Die Kinder fielen ihm auf die Nerven, die Bank fiel ihm auf die Nerven, er hatte keine Lust, irgendwohin zu gehen noch über irgend etwas zu sprechen.

Im Dezember an den Feiertagen traf er Reisevorkehrungen und sagte zu seiner Frau, er reise nach Petersburg, um sich für einen jungen Mann zu verwenden – und reiste nach S. Wozu? Er wußte es selbst nicht so recht. Er hatte Lust, Anna Sergeevna zu sehen, mit ihr zu sprechen und ein Rendezvous zu verabreden, wenn möglich.

Am Morgen kam er in S. an und nahm im Hotel das beste Zimmer, wo der gesamte Fußboden mit grauem Soldatentuch ausgelegt war und auf dem Tisch ein Tintenfaß stand, grau vor Staub, mit einem Reiter hoch zu Roß, der den Arm mit einem Hut ausstreckte, der Kopf jedoch war abgeschlagen. Der Portier gab ihm die nötigen Auskünfte: von Diederitz wohnte in der Alten Gončarnaja, im eigenen Haus – es ist ganz in der Nähe des Hotels, er lebt gut, auf großem Fuß, hält eigene Pferde, ist stadtbekannt. Der Portier sprach ihn so aus: Drydyritz.

Gurov ging ohne Eile in die Alte Gončarnaja, suchte und fand das Haus. Direkt gegenüber dem Haus erstreckte sich ein Zaun, grau, lang, mit Nägeln bespickt.

»Vor so einem Zaun kann man nur weglaufen«, – dachte Gurov, während er mal auf die Fenster, mal auf den Zaun schaute.

Er überlegte: heute haben die Behörden geschlossen, ihr Mann ist also wahrscheinlich zu Hause. Und es wäre ohnehin taktlos, ins Haus zu gehen und sie in Verlegenheit zu bringen. Wenn er ihr eine Nachricht schickte, fiele sie womöglich ihrem Mann in die Hände, und dann wäre alles verpatzt. Das beste war, sich auf den Zufall zu verlassen. Und so ging er die Straße vor dem Zaun auf und ab und wartete auf diesen Zufall. Er sah, wie ein Bettler zum Tor hineinging und von den Hunden angefallen wurde, dann, eine Stunde später, hörte er Klavierspiel, die Klänge, die an sein Ohr drangen, waren schwach und undeutlich. Sicher war es Anna Sergeevna, die spielte. Plötzlich öffnete sich der Herrschaftseingang, und heraus kam eine kleine alte Frau, gefolgt von dem bekannten weißen Spitz. Gurov wollte den Hund rufen, bekam aber plötzlich Herzklopfen und wußte in seiner Erregung nicht mehr, wie der Spitz hieß.

Er ging auf und ab und haßte den Zaun immer mehr und dachte gereizt, Anna Sergeevna habe ihn vergessen und amüsiere sich vielleicht schon mit einem anderen, was nur natürlich wäre in der Situation einer jungen Frau, die von morgens bis abends gezwungen war, diesen verfluchten Zaun zu sehen. Er kehrte ins Hotel zurück und saß lange auf dem Divan, wußte nicht, was er tun sollte, dann aß er zu Mittag, dann schlief er lange.

»Ist das alles dumm und unbequem, – dachte er, als er, aufgewacht, die dunklen Fenster sah; es war schon Abend. – Ich habe so schön ausgeschlafen. Was mache ich jetzt heute nacht?«

Er saß auf dem Bett, das mit einer billigen grauen Decke

wie aus dem Krankenhaus bedeckt war, und hänselte sich verärgert:

»Da hast du deine Dame mit dem Hündchen ... Da hast du dein Abenteuer ... Da bleib mal schön hier sitzen.«

Noch am Morgen, auf dem Bahnhof, war ihm ein Plakat in sehr großen Lettern aufgefallen: zum ersten Male die »Geisha«. Er erinnerte sich daran und fuhr ins Theater.

»Gut möglich, daß sie zum Premierenpublikum gehört«, – dachte er.

Das Theater war voll. Auch hier, wie überall in Provinztheatern, hing Nebel über den Kronleuchtern, wimmelte es geräuschvoll auf der Galerie; in der ersten Reihe standen vor Beginn der Vorstellung die hiesigen Gecken, die Hände auf dem Rücken; saß in der Gouverneursloge auf dem ersten Platz die Gouverneurstochter mit Boa, während sich der Gouverneur selbst hinter der Portiere bescheiden versteckt hielt, zu sehen waren nur seine Hände; der Vorhang wogte, das Orchester brauchte lange zum Stimmen. Die ganze Zeit, während das Publikum eingelassen wurde und die Plätze einnahm, suchte Gurov gierig mit den Augen.

Hereinkam auch Anna Sergeevna. Sie setzte sich in der dritten Reihe, und als Gurovs Blick auf sie fiel, krampfte sich ihm das Herz zusammen, und ihm war plötzlich klar, daß es für ihn auf der ganzen Welt keinen näheren, teureren und wichtigeren Menschen gab; diese kleine Frau, verloren in der Provinzgesellschaft, durch nichts bemerkenswert, mit der vulgären Lorgnette in der Hand, erfüllte jetzt sein ganzes Leben, war sein Leid, seine Freude, das einzige Glück, das er sich jetzt wünschte; und zu den Klängen eines schlechten Orchesters, grauenhafter Provinzgeigen dachte er daran, wie schön sie sei. Dachte und träumte.

Zusammen mit Anna Sergeevna hereingekommen war ein junger Mann, der sich neben sie setzte, er trug einen schütteren Backenbart, war sehr groß und ging leicht gebeugt; bei jedem Schritt nickte er mit dem Kopf und schien beständig zu grüßen. Wahrscheinlich war das ihr Mann, den sie damals in Jalta, in einer Anwandlung von Bitterkeit, einen Lakaien genannt hatte. Und tatsächlich lag in der langen Gestalt, in dem Backenbart, in dem Ansatz zur Glatze etwas lakaienhaft Bescheidenes, er lächelte süßlich, und in seinem Knopfloch blitzte ein Akademikerabzeichen wie die Dienstnummer eines Lakaien.

In der ersten Pause ging ihr Mann hinaus, um zu rauchen, sie blieb in ihrem Sessel sitzen. Gurov, der ebenfalls im Parterre saß, trat auf sie zu und sagte mit bebender Stimme, gezwungen lächelnd:

– Guten Abend.

Sie blickte zu ihm auf und erbleichte, dann blickte sie noch einmal auf, entsetzt, ihren Augen nicht trauend, und preßte Lorgnette und Fächer zugleich in die Hände, offenbar kämpfte sie mit sich, um nicht in Ohnmacht zu fallen. Beide schwiegen. Sie saß, er stand, erschrocken über ihre Verlegenheit, und konnte sich nicht entschließen, sich neben sie zu setzen. Da wurden erneut die Geigen und die Flöte gestimmt, plötzlich bekam er Angst, es schien, als würden sie aus allen Logen beobachtet. Doch da stand sie auf und ging schnell zu einem Ausgang; er – ihr nach, und beide gingen sinnlos durch die Korridore, treppauf, treppab, und an ihren Augen vorbei huschten irgendwelche Menschen in Uniformen, Gerichtsuniformen, Lehreruniformen, Verwaltungsuniformen, und alle mit Abzeichen; vorbei huschten Damen, Pelzmäntel an Garderobenhaken, ein Zugwind blies, durchsetzt mit dem Geruch von Tabakresten. Und Gurov, der heftiges Herzklopfen hatte, dachte:

»Herrgott! Wozu diese Menschen, dieses Orchester …«

Und in diesen Minuten fiel ihm plötzlich ein, wie er sich damals abends auf dem Bahnhof, nach Anna Sergeevnas Abreise, gesagt hatte, daß alles beendet sei und sie einander nie mehr wiedersehen würden. Aber wie weit war es noch bis zum Ende!

Auf einer engen, dunklen Treppe, über der geschrieben stand »Aufgang zu den Rängen«, blieb sie stehen.

– Wie haben Sie mich erschreckt! – sagte sie, schwer atmend, immer noch bleich und bestürzt. – Oh, wie haben Sie mich erschreckt! Ich bin mehr tot als lebendig. Warum sind Sie gekommen? Warum?

– Aber begreifen Sie, Anna, begreifen Sie … – begann er halblaut, hastig. – Ich flehe Sie an, begreifen Sie …

Sie blickte ihn an voller Angst, voll der Bitte, voll der Liebe, blickte ihn eindringlich an, um seine Züge so fest wie möglich im Gedächtnis zu behalten.

– Ich leide Qualen! – fuhr sie fort, ohne ihm zuzuhören. – Ich habe die ganze Zeit nur an Sie gedacht, ich habe von dem Gedanken an Sie gelebt. Und wollte doch vergessen, vergessen, aber warum, warum sind Sie gekommen?

Weiter oben, auf dem Treppenabsatz, rauchten zwei Gymnasiasten und schauten herunter, doch Gurov war es egal, er zog Anna Sergeevna zu sich heran und küßte ihr Gesicht, die Wangen, die Hände.

– Was tun Sie da, was tun Sie da! – sagte sie entsetzt und stieß ihn von sich. – Wir sind wahnsinnig geworden. Reisen Sie noch heute ab, reisen Sie sofort ab ... Ich beschwöre Sie bei allen Heiligen, ich flehe Sie an ... Da kommt jemand!

Jemand kam die Treppe herauf.

– Sie müssen abreisen ... – fuhr Anna Sergeevna flüsternd fort. – Hören Sie, Dmitrij Dmitrič? Ich werde zu Ihnen nach Moskau kommen. Niemals war ich glücklich, ich bin heute unglücklich und werde niemals, niemals glücklich werden, niemals! Lassen Sie mich nicht noch mehr leiden! Ich schwöre, ich werde nach Moskau kommen. Aber jetzt müssen wir uns trennen. Mein Liebster, Guter, mein Teurer, wir müssen uns trennen!

Sie drückte ihm die Hand und lief schnell die Treppe hinab, wobei sie sich dauernd nach ihm umdrehte, und ihren Augen war anzusehen, daß sie in der Tat nicht glücklich war. Gurov stand noch eine Weile, lauschte, dann, als alles stillgeworden war, suchte und fand er seinen Garderobenhaken und verließ das Theater.

So kam es, daß Anna Sergeevna zu ihm nach Moskau reiste. Alle zwei, drei Monate verließ sie S., wobei sie ihrem Mann zu sagen pflegte, sie reise, um sich mit einem Professor wegen ihres Frauenleidens zu beraten – und ihr Mann glaubte ihr und glaubte ihr nicht. In Moskau angekommen, stieg sie im »Slavjanskij Bazar« ab und schickte sofort einen Dienstmann in roter Mütze zu Gurov. Gurov ging zu ihr, und niemand in Moskau wußte davon.

So ging er einmal an einem Wintermorgen zu ihr (der Bote war am Abend zuvor bei ihm gewesen, hatte ihn aber nicht angetroffen). Mit ihm ging seine Tochter, die er zum

Gymnasium begleiten wollte, das lag auf dem Weg. Es schneite große nasse Flocken.

– Wir haben heute drei Grad Wärme, dennoch schneit es, – sprach Gurov zu seiner Tochter. – Es ist nämlich nur an der Erdoberfläche warm, in den höheren Schichten der Atmosphäre herrscht eine ganze andere Temperatur.

– Papa, warum gibt es im Winter keinen Donner?

Er erklärte ihr auch das. Er sprach und dachte, daß er jetzt zu einem Rendezvous ging und keine Menschenseele davon wußte und, wahrscheinlich, auch nie davon erfahren werde. Er hatte zwei Leben: eines, das offen zutage lag, das jeder sah und kannte, den es etwas anging, ein Leben voll bedingter Wahrheit und voll bedingten Betrugs, in allem dem Leben seiner Freunde und Bekannten ähnlich, und das andere – das heimlich verlief. Und ein merkwürdiges, vielleicht zufälliges Zusammentreffen von Umständen wollte es, daß alles, was wichtig, interessant und notwendig für ihn war, worin er ehrlich war und sich nicht selbst betrog, was den Kern seines Lebens darstellte, heimlich geschah, den anderen verborgen; alles dagegen, was seine Lüge darstellte, die Hülle, hinter der er sich versteckte, um die Wahrheit zu verbergen, wie zum Beispiel sein Dienst in der Bank, die Streitgespräche im Klub, seine »niedere Rasse«, die Jubiläen, zu denen er seine Frau mitnahm – all das lag offen zutage. Und von sich schloß er auf andere, glaubte nicht an das, was er sah, und nahm immer an, daß jeder Mensch im Schutz des Geheimnisses, wie im Schutze der Nacht, sein wahres, wirklich interessantes Leben führe. Jedes einzelne Dasein beruht auf einem Geheimnis, und vielleicht ist der kultivierte Mensch teilweise deshalb so nervös darum besorgt, daß sein persönliches Geheimnis gewahrt bleibt.

Nachdem er die Tochter bis zum Gymnasium begleitet hatte, begab sich Gurov in den »Slavjanskij Bazar«. Unten legte er den Pelzmantel ab, stieg hinauf und klopfte leise an die Tür. Anna Sergeevna, in dem grauen Kleid, das er so liebte, erschöpft von der Reise und vom Warten, hatte ihn seit dem gestrigen Abend erwartet; sie war bleich, blickte ihn an und lächelte nicht, kaum war er eingetreten, sank sie schon an seine Brust. Als hätten sie einander zwei Jahre nicht gesehen, war ihr Kuß innig und lang.

– Und, wie geht es dir dort? – fragte er. – Was gibt es Neues?

– Warte, ich erzähle es gleich ... Ich kann nicht ...

Sie konnte nicht sprechen, denn sie weinte. Sie wandte sich von ihm ab und drückte das Taschentuch an die Augen.

»Soll sie ein bißchen weinen, ich setze mich erst mal«, – dachte er und setzte sich in einen Sessel.

Dann klingelte er und bestellte sich Tee; dann, während er den Tee trank, stand sie noch immer, dem Fenster zugewandt ... sie weinte vor Erregung und im schmerzlichen Bewußtsein, daß ihr Leben so traurig kompliziert war; sie sehen sich nur heimlich, verstecken sich vor den Menschen wie Diebe! Ist ihr Leben nicht zerstört?

– Hör schon auf! – sagte er.

Ihm war klar, daß ihre Liebe noch nicht so bald enden würde, wer wußte schon, wann. Anna Sergeevna hing immer mehr an ihm, bewunderte ihn, und es wäre undenkbar gewesen, ihr zu sagen, daß alles irgendwann einmal ein Ende haben müsse; sie hätte es ohnehin nicht geglaubt.

Er trat auf sie zu und faßte sie an den Schultern, um sie zu liebkosen, um zu scherzen, dabei sah er sich im Spiegel. Sein Haar wurde allmählich grau. Und es kam ihm merkwürdig vor, daß er in den letzten Jahren so gealtert, so häßlich geworden war. Die Schultern, auf denen seine Hände lagen, waren warm und voller Leben. Er verspürte Mitleid mit diesem Leben, das noch so warm und so schön, wahrscheinlich aber auch schon im Begriff war, zu verblassen und zu welken wie sein eigenes Leben. Weshalb liebte sie ihn so sehr? Er war Frauen nie als derjenige erschienen, der er war, und sie hatten in ihm nie ihn selbst geliebt, sondern einen Menschen, den ihre Vorstellung erschaffen und den sie in ihrem Leben gierig gesucht hatten; und wenn sie ihren Irrtum eingesehen hatten, liebten sie ihn trotzdem. Und keine einzige von ihnen war glücklich mit ihm gewesen. So ging die Zeit dahin, er schloß Bekanntschaften, ging Verhältnisse ein, trennte sich, doch kein einziges Mal hatte er geliebt; was immer es gewesen sein mochte, Liebe war es nie.

Und erst jetzt, als sein Haar grau wurde, liebte er, wie es sich gehört, liebte wahrhaftig – zum ersten Mal im Leben. Anna Sergeevna und er liebten sich wie zwei einander sehr nahe, vertraute Menschen, wie Eheleute, wie zärtliche Freunde; ihnen schien, als habe das Schicksal sie füreinander bestimmt, unbegreiflich war nur, weshalb er, wie auch sie, mit einem anderen Menschen verheiratet war; sie waren wie zwei Zugvögel, Männchen und Weibchen, die man gefangen und in zwei getrennte Käfige gesperrt hatte. Sie verziehen einander das, dessen sie sich in ihrer Vergangenheit schämten, verziehen einander alles, was in der Gegenwart war, und spürten, daß diese ihre Liebe sie beide verändert hatte.

Früher, in traurigen Minuten, hatte er sich immer mit irgendwelchen zufälligen Erklärungen getröstet, heute dagegen stand ihm der Sinn nicht nach Erklärungen, er spürte tiefes Mitgefühl, wollte ehrlich sein, zärtlich ...

– Hör auf, meine Gute, – sagte er. – Du hast dich ausgeweint, genug jetzt ... Laß uns miteinander reden, laß uns etwas überlegen.

Danach berieten sie lange, sprachen darüber, wie sie es vermeiden könnten, sich zu verstecken, zu betrügen, in verschiedenen Städten zu leben, sich lange nicht zu sehen. Wie sich befreien von diesen unerträglichen Fesseln?

– Wie? Wie? – fragte er immer wieder und faßte sich an den Kopf. – Wie?

Und es schien, als bräuchte es nur noch ein wenig – und die Lösung wäre gefunden, und dann würde ein schönes, neues Leben beginnen; und beiden war klar, daß es bis zum Ende noch sehr-sehr weit war und daß das Komplizierteste und Schwierigste eben erst begonnen hatte.

1899

Honoré De Balzac
Ein Abglanz meines Begehrens. Bericht einer Reise nach Russland 1847.

Aus dem Französischen von Nicola Denis, herausgegeben und mit einem Nachwort von Brigitte van Kann,
200 Seiten, ISBN 978-3-932109-85-0

Im Spätsommer 1847 reiste Honoré de Balzac ins Russische Reich, im Visier die Hochzeit mit der langjährigen Geliebten Gräfin Ewelina Hańska. Mit dem Zug, ab Gleiwitz mit Postpferden und Mietkutschen, brachte er die Strecke von Paris zum Schloss Wierzchownia in sagenhafter Geschwindigkeit hinter sich, um endlich sein Begehren zu erfüllen. Sein Reisebericht und seine Briefe aus Russland schildern die Widrigkeiten des Weges und berichten vom Zustand des Zarenreichs.

Joseph Czapski *Proust. Vorträge im Lager Grjasowez.*

Aus dem Französischen von Barbara Heber-Schärer.
Mit einem Nachwort von Lore Ditzen,
96 Seiten, ISBN 978-3-932109-47-8

»Dieses kleine Buch zeigt einen großen Proust-Kenner: den polnischen Schriftsteller und Maler Joseph Czapski (geboren 1896 in Prag). Seine Vorträge über Die Suche nach der verlorenen Zeit diktierte er im Winter 1940/41 in einem sowjetischen Lager heimlich. Das Ergebnis: eine luzide Proust-Einführung eines Tolstoi-Lesers und Stalinopfers.«
Lothar Müller, Süddeutsche Zeitung

9. Auflage 2018

Göhrener Str. 7, 10437 Berlin

Die Herstellung übernahm Hermann Zanier, Berlin
Gesetzt aus der Walbaum Antiqua in Anlehnung
an den Bleisatz von Harald Weller, Berlin
Umschlag von Horst Hussel, Berlin, neu bearbeitet
von Pauline Altmann, Berlin
Gedruckt und gebunden von Art-Druk, Szczecin
ISBN 978 3 921592 95 3
www.friedenauer-presse.de